Die Feuertaufe

geschrieben von

Andreas Eckert

Herstellung und Verlag:
Books on Demand GmbH, Norderstedt
ISBN 978-3-8391-5018-4

Widmung

Ich widme dieses Buch meinen Eltern, Elisabeth und Walter,
sowie meiner Schwester Verena, gleichwohl allen meinen
Freunden und Wegbegleitern.

Prolog

Auf einer weit entfernten Anhöhe, im feuchten Gras liegend betrachtete Dr. Scott Brennan das Geschehen auf dem Schlachtfeld. Seine Position war aber nicht soweit entfernt, als dass er durch das Zielobjektiv seines Scharfschützengewehres, nicht jeden Beamten und jeden der drei Hubschrauber im Blickfeld gehabt hätte. „Schön dir bei der Arbeit zuzusehen!" flüsterte er vor sich hin, als Sebastian und seine Kollegen die Türen seines Mercedes öffneten und mit starrem Blick wieder zurück wichen.

Der Anblick alleine gab ihm die Befriedigung, die er gesucht hatte. Seine Handflächen begannen leicht zu schwitzen und sein Herzschlag verdoppelte sich beim Anblick des eben Geschehenen. Er zählte über zehn Agenten des österreichischen Geheimdienstes, die allesamt Angehörige der Liga waren und die nun ihre Arbeit verrichteten. Es gab keinen Zweifel. Sie waren hervorragend ausgebildet und in körperlicher Höchstform.

„Du glaubst du hast mich?" grinste er murmelnd vor sich hin und als die ersten Nebelschwaden langsam von der Raab über die sich ihm bietende Szenerie auf ihn hinzubewegten, packte er sein Gewehr in die Tasche und begab sich zu seinem Auto. „Heute ist nicht alle Tage! Du wirst noch von mir hören!", klemmte sich grinsend hinters Lenkrad und fuhr so unauffällig, wie er gekommen war, im Schutze der noch verbliebenen Dunkelheit davon.

I.

Der Tag hat noch gar nicht so richtig begonnen als sich Sebastian aus dem Bett begab. Freiwillig? Nein. Der Wecker war der Lärmmacher, der mit seinem leisem aber durchdringenden Surren die friedliche Ruhe im Zimmer störte. Noch bevor irgendein anderer im Hause davon geweckt werden konnte, tastete sich eine Hand ziemlich ungeschickt und schnell in Richtung des Knopfes, auf dem geschrieben steht „Dimmer". Als die Hand wieder fast wie in Zeitlupe zurück wich, kam ein Kopf langsam unter der Decke zum Vorschein. Er gehörte nicht irgendjemandem in diesem Haus. Nein, er gehörte zum Sohn des Hauses, Sebastian. Ein kurzer Blick auf den Wecker genügte um die vier Ziffern lesen zu können. Die digitale Anzeige zeigte unmissverständlich halb sieben Uhr morgens. „Ein neuer Tag, ein neues Glück" kam ganz leise zwischen den trockenen Lippen hervor. Langsam aber sicher und Schritt für Schritt tastete er sich von seinem Zimmer in Richtung Toilette. Noch bevor er angekommen war dämmerte ihm, dass er dringend eine Aspirin Tablette benötigte. Seit drei Jahren folgte auf die Verrichtung der Notdurft das tägliche morgendliche Frühprogramm. Die Punkte des „Weckprogrammes" sind einfach und für jeden durchführbar, für ihn aber eine der vielen täglichen Pflichten, die er mit Freuden erfüllt. Am Beginn steht der Blick in den Spiegel aber nicht wie sonst, fand sich ein furchtbares Bild wieder. Die Augen klein, die Gesichtsfarbe fahl und blass, die Lippen trocken, wie auch die Kehle und das dauernde tiefe Zwischenatmen ergaben ein furchteinflössendes Gesamtbild. Zähne- putzen und Gesicht mit kaltem Wasser reinigen waren an diesem Morgen noch sehr angenehme Aktivitäten. Obwohl die Zeit wie im Fluge verging und das tägliche Reinigungsritual abgeschlossen war, blieben ein müder und übernächtigter Geist, sowie ein geschundener Körper zurück. Im Trainingsanzug in der Küche angekommen begann die Suche nach dem ersten Aspirin an diesem Tag. Gesucht und auch wie gewöhnlich in der Schublade mit den vielen

Kugelschreibern und Notizblöcken gefunden. Nur noch ein Kaffee und eine Zigarette trennten ihn von dem Tagesritual auf das er nicht mehr verzichten konnte, dem Frühsport. Regen, Schnee, oder einfach nur Glatteis konnten ihn nicht mehr hindern seinen mittlerweile durchtrainierten Körper über die vielen Wege und Straßen der Gemeinde Pertlstein zu bewegen.

Das elektrische Garagentor, das aus weißem Alu besteht und welches längs nach geteilt ist glitt langsam aber unentwegt und sicher in den Schienen nach oben um anschließend parallel zum Boden in zwei Metern Höhe zum Stillstand zu kommen. Sebastian bot sich wie an so vielen Apriltagen das Wetter von der etwas anderen aber sehr schönen Art und Weise. Dicker Nebel überzog das Raabtal auf eine etwas unfreundliche Gestalt. Dennoch blickten bereits die ersten Sonnenstrahlen durch und bildeten am Boden ein etwas düsteres Bild der Erde. Die ersten Vögel begannen sich gegenseitig zu begrüßen und hin und wieder flog einer durch die Luft um nach Futter Ausschau zu halten.

„Warum hab ich nur so einen Brummschädel?" brachte eine schon munter werdende Stimme hervor. Wie ein Blitz und mit einem weiteren kräftigen Schmerz kam die Eingebung. „Das wird so schnell nicht wieder vorkommen! Diese Banditen! Ich habe ganz ehrlich gespielt und die haben gemogelt. Deshalb hab ich auch immer beim Asse auflegen verloren!" Man sollte schon wissen, dass es sich dabei um ein, in der Jugend, sehr beliebtes Spiel handelt. Die Regeln sind leicht und für jeden verständlich.

Es werden Karten im Stapel verkehrt auf den Tisch gelegt. Jeder Mitspieler nimmt nach und nach eine vom Stapel und legt sie offen auf. Derjenige, der ein Ass erwischt hat, muss ein „Stamperl" Schnaps trinken. Eines sollte man aber immer beachten, wer sind die Mitspieler und hoffentlich Schummeln sie nicht, denn sonst sieht's recht blöd für einen aus.

„Na ja, den 28sten Geburtstag feiert man eben auch nicht alle Tage." Somit nahm er den letzten Zug der Zigarette, trank den letzten Schluck Kaffee, band sich die Schnürsenkel der Turnschuhe zu, brachte die Ohrenstöpsel, des schon etwas in die Jahre gekommenen MP3-Players in Position und setzte sich die Wollhaube auf.

Mit dem Betätigen des roten Knopfes schloss sich das automatische Garagentor wieder lautlos und der Eingewöhnungsgang zum zehn Meter entfernten Grundstückstor begann. Am Tor angekommen wurde der vierstellige Geheimcode, der gleichzeitig auch die Sozialversicherungsnummer des Herrn des Hauses, des Vaters, war, eingetippt und es öffnete sich ebenso geräuschlos aber viel anmutiger und eleganter als das Garagentor. Das Einfahrtstor besteht aus Alustäben, die aus etwa zwei Meter und fünfzig Zentimeter vom Himmel fast bis in die Erde ragen, oben hat es eine sehr geschwungene Form, die von außen nach innen weiter gen Himmel ragt und somit im Zenit eine wunderbare Höhe von drei Metern erreicht. Ebenfalls in der Mitte teilt sich das Tor in zwei Flügel, welche mittels Hydraulikbolzen nach innen aufschwingen. Nach erneuter Eingabe der Zahlenkombination schloss es sich ebenso elegant wie es zuvor Sebastian den Weg zum Training frei gemacht hatte.

„Welch ein schöner Morgen." Mit diesen vier kurzen Worten begann er trotz pochenden Schädels und trägem Körper sein Training, um sich positiv auf den im Erblühen befindenden Tag einzustimmen.

Sein Lauftempo ist von einer etwas gemütlicheren Art und Weise, so konnte man als Außenstehender schon fast davon ausgehen, dass es sich bei diesem jungen Mann um einen Touristen handeln könnte, der sich die Landschaft von einer etwas anderen Perspektive ansehen möchte. Während sein Training ihn zuerst auf Asphalt vorbei an Äckern, der nachbarlichen Firma Laffer und dem Nachbarshaus führte machte er sich geistig auch schon bereit von den braven Hunden des Rottweilerzüchters, die sich auf der anderen Seite des Zaunes befinden, attackiert zu werden. Die Rottweiler werden vom Otto Konrad gezüchtet. Er hat es geschafft in seinen vielen, vielen Jahren als Hundezüchter und Hundetrainer ein eigenes Adelsgeschlecht einzuführen und in der Welt der Züchter zu etablieren. Der Name dieses Adelsgeschlechtes leitet sich von der ehemaligen Burg Bertholdstein, dem jetzigen Besitz des Benediktinerordens, und zum Schloss erhobenen mittelalterlichen Wahrzeichens der Gemeinde Pertlstein ab. Somit taufte er das Adelsgeschlecht auf den wundervollen Namen *von Schloss Bertholdstein*. Während er sich darauf vorbereitete war es auch schon geschehen, die Hunde kamen von ganz hinten in Richtung des Zaunes gerannt und vermutlich freuten sie sich schon auf das verdutzte Gesicht des Laufenden. Doch als sie schon ganz nah am Zaun waren erkannten sie die Gestalt und identifizierten sie richtig als Sebastian Seewald. Die Geschwindigkeit der Hunde nahm ab und sie begrüßten den etwas entfernt wohnenden Nachbarn mit einem kurzen aber dennoch lautstarken Gebell. Ein kurzer Blick in Richtung der Hunde und ein knappes „Morgen" reichte vollkommen aus die Hunde ruhig und Otto, der sich gerade an die Arbeit machte das Futter vorzubereiten, zufrieden zu stellen.

An der Kreuzung, dessen Wege nach Westen in Richtung Feldbach, nach Osten in Richtung Fehring und in Richtung Norden zur Raab erstrecken musste er wie immer einen kurzen Blick nach rechts und links riskieren um die Straße überqueren zu können. Gerade als er den Kopf in Richtung Fehring wandte, sah er im Augenwinkel ein Auto. Ein Auto alleine wäre noch nichts Außergewöhnliches gewesen, aber der Umstand, dass es im Straßengraben und die Tatsache, dass es auf dem Dach lag ließ ihn für kurze Zeit erschrecken. Trotz des verkaterten

Schädels und am Tage zuvor gemarterten Körpers brauchte er nur einige Millisekunden um die Gedanken in seinem Kopf zu ordnen. Ein kurzer Sprung in die angrenzende Wiese, vier große Schritte zum Wagen und gleichzeitiges Befreien der Ohren von den Stöpseln des MP3 – Players genügten um sich der rechten Seite des Wagens zu nähern. Das Fahrzeug, von dem man kaum noch erkannte, ob es sich um eine Limousine, ein Coupé oder um einen Kombi handelte, war übel zugerichtet. Es gab anscheinend keine Stelle, die nicht verbeult war oder aus der nicht irgendeine Flüssigkeit hervortrat. Scheiben brauchte man erst gar nicht zu suchen, denn sie lagen zu tausenden in Scherben und Splittern umher, die Windschutzscheibe ausgenommen. Sie lag etwa fünf Meter entfernt in der Wiese. Aus dem Motorenraum drangen kleine Mengen von Rauch ins Freie und die Räder des Wagens drehten sich noch.

Das Herz schlug schneller und schneller und fast hätte es sich überschlagen als Sebastian sich in die Wiese bückte um im Fahrzeug nachzuschauen ob noch jemand drinnen war. Ein leichtes Übelkeitsgefühl überkam ihn bei dem Anblick der sich ihm bot. Es war nur ein Mann im Auto. Der Fahrer war allem Anschein nach verletzt, angegurtet und bewusstlos. Durch das auf dem Dach liegende Fahrzeug hing er kopfüber in seinem Fahrersitz. Vom Kopf tropfte immer wieder Blut auf den Autohimmel, die linke Hand ragte durch das Seitenfenster heraus, während die rechte nicht zu sehen war. Die nächsten Sekunden vergingen anscheinend viel zu schnell und viel zu kontrolliert. Aus der Tätigkeit bei der ortsansässigen Freiwilligen Feuerwehr war er es gewohnt nach Unfällen alarmiert zu werden und Hilfe zu leisten, ob als Sanitäter, in der Einsatzleitung oder in irgendeiner anderen Feuerwehrtätigkeit. Diesmal aber war es etwas anderes. Er versuchte durch die Stelle des Fahrzeuges in den Innenraum zu gelangen, wo sonst normalerweise die Windschutzscheibe befestigt ist. Es kam ihm vor, wie im Traum. Er war der erste am Unfallort und der Verunfallte war nicht irgendwer, nein es war einer der besten

Freunde von ihm, ein in der Gemeinde wohnender um etwa vier Jahre jüngerer Kamerad. Alexander oder einfach nur Alex, wie wir ihn nannten.

Er hatte seinen Führerschein bereits seit einigen Jahren. Noch nie war er in einen Unfall verwickelt gewesen, keine Parkschramme, kein einziger Strafzettel, wegen überhöhter Geschwindigkeit. Und jetzt so was! Die Vitalfunktionen noch nicht fertig überprüft wurde es von außen auch schon lauter. Der Nachbar hatte anscheinend etwas mitbekommen und war zur Unfallstelle unterwegs. Als ich sah, dass es Florian war, musste ich mich nun nicht mehr damit bemühen, die weiteren Einsatzkräfte zu verständigen. Florian ist ein Mann leicht fortgeschrittenen Alters, mit einer etwas fülligeren Statur und von kurzer Bauweise. Ich hatte gerade festgestellt, dass ein Puls zwar vorhanden war, aber doch sehr schwach. Sofort machte ich mich im Inneren des Fahrzeuges bemerkbar und gab ich ihm die Anweisungen „Alarmier die Feuerwehren Pertlstein und Fehring".

„Alex, wie konnte das nur geschehen?" Kam es aus mir raus während ich ihn mit gekonnten Handgriffen aus seinem Gurt befreite und er mit einem leichten Ruck auf mich fiel. Noch während ich ihn aus dem Auto befreite heulten die Sirenen Pertlstein und Fehring in einem Bruchteil von Millisekunden auf. „Endlich!" stieß ich leise aber unmissverständlich hervor, als ich Alex aus seinem Wagen befreite und in Sicherheit gebracht hatte. Die weiteren Maßnahmen zur Erhaltung seines Lebens zeigten Wirkung. Langsam aber stetig verbesserte sich die Atmung und der Puls kam wieder in Schwung. Als das erste Feuerwehrfahrzeug, der Tankwagen, in meinem Blickfeld auftauchte, kam eine unbefriedigende Ruhe in mir auf. Fast gleichzeitig ertönten aus Richtung Feldbach die Folgetonhörner des Notarztwagens und der Polizei. Nach einigen Sekunden stieß der Einsatzleiter der Feuerwehr zu mir und erkundigte sich über die Lage, während von der anderen Seite Dr. Brunner,

Oberarzt und Notarzt des LKHs Feldbach, zu mir stürmte. Kurz und knapp schilderte ich die bereits getätigten Erstmaßnahmen. Dr. Brunner, der mir mit einem kühlen und knappen „Sehr gute Arbeit" zu verstehen gab, dass er mit seinen Notfallsanitätern die weitere Versorgung des Patienten übernehmen würde. Während dieser Zeit vergingen vielleicht vier oder fünf Sekunden bis ich mich erleichtert und erschöpft zu meinen Feuerwehrkameraden wandte.

„Was ist geschehen?" war alles was sie in diesem Moment" aus sich hervor brachten. Ich musste feststellen, dass auch bereits das zweite und dritte Fahrzeug von uns eingetroffen war. Bevor ich diese Frage beantwortete warf ich einen Blick zu den anderen Kameraden, sah ihre gesenkten Häupter, die noch immer von den vielen Blaulichtern der Fahrzeuge beleuchtet wurden und stellte bei allen eine innere Unruhe und fragende Gesichter fest, die sich nicht in Worte fassen liessen. Während ich auf meine etwas blutverschmierten Hände und Klamotten blickte antwortete ich recht leise und ruhig:

„Alex hat einen Unfall gehabt." Danach atmete ich erst mal ruhig durch und fuhr entschlossen und mit gefestigter Stimme fort, die bisher von mir eingeleiteten Maßnamen zu erklären. Alex wurde von uns und den Notarztsanitätern sanft, aber dennoch rasch in den Notarztwagen gebracht, ehe seine Reise ins nächste Krankenhaus, LKH Feldbach, ging.

Der weitere Verlauf der Einsatzkräfte war wie gewohnt. Die Polizei begann ihre Ermittlungen und Erhebungen, die Kameraden der Freiwilligen Feuerwehr Pertlstein machten ihre Arbeit und die Kameraden der Freiwilligen Feuerwehr Fehring bargen das Wrack. Alle Anwesenden erledigten die ihnen aufgetragenen Arbeiten effizient und flink wie gewohnt.

Dieser Einsatz war für keinen von uns einfach und auf keinen Fall Routine. Ziemlich genau eine Stunde nach dem Fund des Unfallautos war der komplette Einsatz beendet und der angeforderte Psychologe, zur Nachbetreuung der Einsatzkräfte, erschien bei uns im Feuerwehrhaus. Zu meiner Verwunderung musste ich feststellen, dass es nicht irgendein Psychologe war, der uns betreute. Es war mein gegenwärtiger Chef. Etwa gegen Mittag waren wir alle durch und durften, mit dem Gefühl Gutes getan und mit der Gewissheit, dass Alex trotz allem Anschein nach nur leichte Verletzungen hatte, wieder nach Hause. Auf dem Fußmarsch nach Hause hielt ein schwarzer, dunkel getönter Mercedes der gehobenen Klasse auf meiner Höhe. Ohne auch nur einen Zweifel aufkommen zu lassen wer sich in diesem Fahrzeug befand stieg ich auf dem Rücksitz ein und nahm direkt neben Dr. Samuel Krainz, oder einfach nur Sam wie wir ihn nannten, Platz.

Sam ist ein Mann mittleren Alters, mit graumelierten schwarzen Haaren und einer schlanken Figur, welche keinen Zweifel aufkommen lässt, dass er sportlichen Freizeitinteressen nachgeht. Seine Körpergröße von knapp unterhalb der einsneunzig und seine tiefe Stimme verleihen ihm den nötigen Respekt, der in der heutigen Zeit weder gegenüber älteren Menschen, noch gegen Beamte oder Polizisten spürbar ist. In seiner Funktion, als Leiter der österreichweit operierenden Spezialeinheit für Terror- und Verbrechensbekämpfung, oder wie wir sie kurz und liebevoll als „die Liga" bezeichnen, gibt es niemanden, der ihm das Wasser reichen könnte. Durch seine ruhige und einfühlsame Art gibt er jedem das Gefühl, egal um welches Problem es sich handelt, sich ihm anvertrauen zu können.
Der PKW setzte sich in Bewegung und ein leises „Danke!" war alles was ich in diesem Moment sagen konnte.
Ich fühlte mich wie durchgekaut und ausgespuckt, müde und völlig leer. Die Bilder des Unfalles, Alex' Verletzungen und der Abtransport lagen mir noch immer flau im Magen. Der Umstand, dass Sam die psychologische Nachbetreuung übernommen hatte machte die Situation nicht leichter. Die Stille im Wagen war nicht auszuhalten und ich vermochte nicht zu sagen wieso, aber ich fühlte mich nicht wohl in meiner Haut. Die wenigen Augenblicke des gegenseitigen Anschweigens fühlten sich wie

Stunden an, es war nicht auszuhalten und so fasste ich mir ein Herz, holte tief Luft und begann den begonnenen Gedankengang fertig auszuformulieren. „Danke, dass du mich ein Stück mitnimmst, aber was verschafft mir die Ehre deiner Anwesenheit." Ich wollte erstarren als ich in Sams Gesicht sah. Es war nicht wieder zu erkennen. Die Müdigkeit zeichnete wilde Konturen auf seine Stirn und Augenhöhlen, ein angestrengtes Lächeln verriet nichts Gutes. „Ja, du hast recht … Ich bin nicht ohne Grund hier und ich glaube es wird Zeit „die Liga" einzuberufen."

Ich verstand nicht im Entferntesten warum. Denn es war ein Unfall geschehen, wie er jeden Tag zuhauf geschieht, nur dass diesmal einer meiner Freunde der Unfalllenker war. Wo war das Problem? Deshalb die Liga einzuberufen erschien mir zu viel des Guten. Der Nebel lichtete sich mit jedem Satz den ich in mir aufsog. Langsam begriff ich wovon er da die ganze Zeit sprach und als ich mir sicher war schoss es aus mir hervor. „Soweit ich das verstehe war der Unfall vom Alex gar kein Unfall?" Die innere Unruhe breitete sich in mir aus und ich fühlte wie mir das Blut in den Kopf schoss, das Gesicht rot anlief und die Augen kleiner wurden. Sam erzählte mir von den lächerlichen Versuchen der örtlich zuständigen Kripo diesen Mistkerl zu schnappen und wie jede Tat mit einer Nachricht angekündigt wurde. „Der Unfall wäre zu verhindern gewesen? – Ist das richtig!". Die Antwort auf meine forsche Frage ließ nicht lange auf sich warten und setzte sich aus genau einem Wort zusammen: „Ja". In meinem Kopf rotierte es. Hunderte Möglichkeiten hätte es gegeben und es wurde nichts unternommen. Ich verstand diese Vorgehensweise nicht und vielleicht war es genau diese Stümperei, weshalb ich von da an nur noch die Hälfte in mir aufnahm. Langsam entspannte ich mich wieder, ich fühlte mich wieder etwas wohler als ich den alles entscheidenden Satz vernahm. „Die Zeit ist gekommen, du musst deinen Eltern von deinem Beruf, deiner Ausbildung und Tätigkeit bei der Liga erzählen." Alles war so unwirklich und nicht nachvollziehbar. Es war soweit, mein Verstand schaltete ab. Was sollte ich ihnen erklären? Wie sollte ich es? Warum jetzt und so übereilt? Was war tatsächlich in letzter Zeit geschehen? All diese Fragen und viele weitere sprudelten nur so durch meinen Kopf, zu einer Antwort kam ich trotzdem nicht. Inmitten meiner Gedanken packte mich eine Hand am Arm. „Es kann nicht warten! ... Die Ereignisse haben sich in der letzten Zeit überschlagen! ... Hast du mich verstanden?" Mit einem knappen – „Ja hab ich" – ging meine Fahrzeugtür auf und ich stieg bei mir zuhause aus. Ich musste wohl einen sehr furchtbaren Eindruck auf meine Eltern gemacht haben. Sie starrten mich an, als wäre ich von einem anderen Stern. Verübeln konnte ich es ihnen aber auch nicht. Immerhin stand ich blutverschmiert, verschwitzt und völlig verwirrt vor ihnen. Die Gedanken durchströmten mich und mir war schwindlig vor lauter Angst. Mit leicht zittrigen Knien, die gut zu meiner Stimme passten verabschiedete ich mich unter die Dusche.

Im Anschluss an die ausgiebige Warmwasserbehandlung meines Körpers und der Sortierung meiner Gedanken fasste ich mir ein Herz und setzte mich zu meinen Eltern auf die Bank vor unserem Haus. „Ich muss euch etwas erklären und ich bitte euch mich nicht zu unterbrechen. Es könnte nicht gerade angenehm werden." Mit diesen Worten begann ich meine Situation zu erläutern. Ich erzählte ihnen von dem Unfall von heute morgen, von meinem Job bei der Bundespolizei und auch dass ich nicht nur ein Brandermittler war, sondern auch davon, dass ich der „Liga" angehöre, und dass unser Tätigkeitsfeld in der Terror- und Verbrechensbekämpfung liegt. Ich erzählte ihnen von der Ausbildung als Brandermittler in Graz und Wien. Von der Ausbildung zum Bundespolizisten im ECO Cobra Zentrum in Wiener Neustadt, sowie von den Trainingseinheiten im Hauptbüro des FBI in Quantico, im schönen Bundesstaat Virgina, USA. Ich konnte richtig fühlen, wie sie mich ungläubig anstarrten, aber ich war noch nicht zu Ende und somit fing ich an Schadensbegrenzung zu betreiben, indem ich ihnen näheres über „die Liga" erzählte.

„Die Liga, wie wir sie nennen, besteht aus 13 ausgewählten Wissenschaftlern. Jedes Mitglied muss mindestens ein Studium positiv absolviert haben. Wenn ein Mitglied der Liga in eine andere Abteilung wechselt oder ausscheidet wird nur diese eine Person beziehungsweise seine wissenschaftliche Tätigkeit ersetzt. Das ganze Auswahlverfahren begann bei mir während des Bundesheeres im Fliegerhorst Nittner, Graz Thalerhof. Sam hatte sich die Akten aller Grundwehrdiener der Fliegerhorststaffel durchgesehen und stieß auf mich. Nach einigen Treffen, waren wir uns einig, dass ich meinen früheren Kollegen ersetzen sollte. Was folgte, war nach außen das Studium der Pharmazie, mit anschließender weiterführender Ausbildung in Pharmakologie und Toxikologie bei der ASTOX in Wien. Niemand wusste jedoch von der gleichzeitigen Ausbildung bei der Polizei und dem FBI. Wenn ihr euch jetzt fragt: Warum? Kann ich euch nur die bescheidene Antwort geben, dass ich es aus Sicherheitsgründen nicht erzählen durfte. Was ich euch nach meinem erfolgreichen Studium sagen durfte, dass ich als Brandermittler bei der Polizei arbeiten werde, habe ich euch gesagt."

Nach diesen Verhältnis zerstörenden Worten und Sätzen holte ich erst einmal tief Luft und wartete auf die Reaktionen. Entgegen meiner Erwartungen sagten meine Eltern kein Wort. So fuhr ich mit meinem Monolog fort. Ich erklärte ihnen, dass die hauptsächlichen Tätigkeiten im Labor geschehen würden und je nach Fall zwei Beamte die Außenarbeiten leiteten.

„Warum ich euch das alles unterbreite und warum gerade jetzt ist nicht einfach zu verstehen, aber es hat etwas mit dem Unfall von heute früh zu tun. Allem Anschein nach gibt es mehrere Verbrechen, die in Verbindung stehen. Jetzt sind wir gefordert den Fall zu lösen und das Rätsel zu entwirren." Ich war fertig und zum ersten Mal seit ich mit meinen Erklärungen begonnen hatte sah ich in die Gesichter der Eltern. Sie zeigten keine Regung und vielleicht war das auch besser so. Sekunden des

Schweigens vergingen und bildeten eine eisige Kälte, die mich erschaudern ließ.

„Was gibt es sonst noch, was wir nicht wissen!" durchbrach die Stimme meiner Mutter die Stille. Sie schien mir sehr wütend und enttäuscht zu sein. Das Schlimmste an der ganzen Tatsache war, dass ich sie verstehen konnte. Lange Zeit machte ich ihnen etwas vor. Noch schlimmer war allerdings, dass es in gewisser Weise auch mich zerfressen hatte. Ich durfte ihnen über all die Jahre nichts erzählen und immer wieder musste ich ihnen Lügen über meine Aufenthalte in Wien, Graz und Quantico auftischen. An diesem Nachmittag redeten wir noch sehr lange und ausführlich über mich, meine Arbeit und die Liga, ehe ich am späten Abend erleichtert zu Bett ging.

II.

Der Wecker zeigte mir gerade 05.48 Uhr an, als mich mein Diensthandy aus dem Schlaf holte. Nach einem kurzen Griff auf die Nachttischlampe erstrahlte mein Zimmer in grellem, weißem Licht. Der Blick aufs Handy verriet mir, dass es sich bei dem nächtlichen Unruhestifter um Sam handelte. Mit verschlafener Stimme gab ich mich zu erkennen, begrüßte meinen Chef und fragte nach dem Grund seines Anrufes. Kurz und bündig folgte mein Einsatzbefehl, gefolgt von der Einsatzadresse, welche mich in meinem Bett blitzschnell aufsitzen ließ. „Ich kenne die Adresse ... da war ich schon mal!" brachte ich hervor. Von Sam erhielt ich die einfache und präzise Antwort: „Als Mitarbeiter im Außendienst habe ich Tom und dich eingeteilt" gefiel mir ganz und gar nicht. „Tom ist bereits auf dem Weg. Verlier keine Zeit! Heute 14.00 Uhr findet die erste Besprechung im Sitzungssaal des Gemeindehauses Pertlstein statt. Seid pünktlich und ich erwarte mir von euch den ersten Zwischenbericht! Ach ja, das mobile Labor ist ab 07.00 Uhr in der Raabtalhalle eingerichtet und besetzt. Liefert eure Proben und Beweismittel dort ab!" Der erste Mord durchströmte es mein Gehirn als ich meinen Arsch aus dem Bett beförderte und ich mich so schnell es ging für den bevorstehenden Einsatz bereit machte.

Tom war bereits am Einsatzort als ich mit meinem Wagen die Absperrung der Polizei erreichte. Ein unheimliches Gefühl kam in mir auf als ich auf das noch rauchende Wohnhaus eines kleinen Bauernhofes sah. Der Hof war mir bekannt, ich war bereits vor eineinhalb Jahren schon einmal hier gewesen. Zu diesem Zeitpunkt hatte es sich, wie auch heute um einen Brand gehandelt. Damals war das Wirtschaftsgebäude mit all seinen Geräten und gelagertem Futter völlig abgebrannt. Der pensionierte Landwirt war von uns Feuerwehrmännern gerettet worden. Diesmal aber brannte nur das Wohnhaus und der Herr des Hauses konnte nur noch tot geborgen werden. Heute hatte er nicht so viel Glück.

Tom hatte mich sofort gesehen und kam mit einer Tasse Kaffee auf mich zu. Er zwängte sich ein kleines Lächeln auf die Lippen. Er lieferte mir einen schnellen Abriss der Geschehnisse und beendete seine Einführung mit: „Wir sollten uns unsere Uniformen anziehen." Ich schnappte mir meinen Kaffee und trottete zum Kofferraum meines Dienstwagens, um mich für die Ermittlungen vorzubereiten. Wir zogen beide unsere Brandermittlerhosen an, schlüpften in die Stiefel, zogen die schwarzen Jacken, mit der leuchtend weißen Aufschrift „Polizeibrandermittler", über und spazierten zum Feuerwehreinsatzleiter, der gerade mit seinen Kameraden über die Ursache des Unglückes rätselte.

Nach einer kurzen Begrüßung und der Einführung des Feuerwehrkommandanten über ihre Tätigkeiten und wie es da drinnen aussah stellten wir uns auch den Polizeikollegen vor. Wir erklärten den Fall als Angelegenheit der Bundespolizei und degradierten sie zu unseren Helfern. Es war klar, dass die gerade eben erst geknüpfte Freundschaft dadurch gefährdet sein würde, aber es musste nun mal sein. Während Tom und ich uns mit Kameras, dem Einsatzgürtel, der Pistole und vielen weiteren Kleinigkeiten ausrüsteten, begannen die Polizeikollegen zusammen mit den Feuerwehrmännern die gesamte Außenanlage mit Scheinwerfern nach verdächtigen Gegenständen abzusuchen. Tom überwachte die Suchaktion mit Adleraugen und ich begann mit der Befragung der anwesenden Personen und Nachbarn.

Nach schier endlosen Erklärungen, dass es sich bei der Einholung der Informationen um ein Standardprozedere der Polizei handle begannen wir mit unserer Tätigkeit im Inneren des Hauses. Jeder Winkel wurde fotografiert und dokumentiert, der Fundort der Leiche vermessen und unzählige Proben von Flüssigkeiten, Splittern und anderem eingesammelt und Luftproben im ganzen Haus, in jedem Raum, gezogen.

Schon beim Betreten des Hauses, oder was noch davon übrig war fiel uns eine übel riechende Mischung aus Alkohol und Brandbeschleuniger auf. Die Brand- und Rauchspuren führten uns immer tiefer ins Innere des Hauses, bis hin zum eigentlichen Brandherd. Der größte Raum des Hauses war eine große Küche mit Essgelegenheit und einer Ecke bestehend aus einem Sofa und einem Regal mit einem Fernseher darauf. Die weiteren Ermittlungen liefen standardisiert in unseren Köpfen und in unseren Handlungen ab. „Merkst du was? Es sieht alles geordnet aus." – „Ja, es hat kein Kampf stattgefunden. Keine leichtentzündlichen Gegenstände. Kein unabgewaschenes Geschirr, keine Zeitungen oder Zeitschriften und was noch viel wichtiger ist, zumal die Balken geschlossen waren konnte durch die Fenster niemand hinein sehen."

Der Raum war fünf Mal sechs Meter groß und etwas über zwei Meter hoch. „Die Ausgangsstelle des Brandes ist nicht genau definierbar, da alle Ecken und auch die Wände gleichmäßig von unten nach oben angebrannt sind. Überall wo man hinsieht findet man Glassplitter und inmitten des Raumes liegt die Leiche" unterbrach Tom meine Gedankengänge. Ein grausamer Anblick bot sich uns und wir vermochten zunächst nicht zu sagen was wir da sahen. Erst bei näherer Betrachtung erkannten wir die Leiche, aber dass es sich um einen Menschen handelte war nur schwer vorstellbar. Vom Haaransatz bis zu den Schuhen war nichts mehr erkennbar. Nur die Zähne waren noch zu erkennen und strahlten gruselig zur Decke des Raumes, der Rest war in einem gleichmäßig verbrannten schwarz. „Er liegt auf dem Rücken und hat die Hände gefaltet, als ob er gerade gebetet hätte" konstatierte ich, ehe wir uns der weiteren Analyse des Raumes hingaben. Obwohl die Wände verschmort waren, fanden sich auf dem übrigen Fußboden keine Brandspuren, es hatte den Anschein, als ob der Täter ein gewisses Muster hinterlassen wollte. Die Anordnung der Leiche inmitten des Raumes auf dem Fußboden, die gleichmäßig erscheinenden Brandspuren rund um die Leiche und die total verkohlte, spärliche Einrichtung! All das erinnerte vielmehr an eine Hinrichtung als an einen Unfall und es gab keinen Zweifel. Es handelte sich dabei um Mord. Die sich bereits im Aufgehen befindliche Morgensonne lieferte uns ein grausames Bild des Tatorts. Alles wirkte düster und dunkel, die wenigen Sonnenstrahlen trafen auf einen gemeinsamen Punkt im Raum. Sie trafen sich genau auf der Leiche. Wenig später am Morgen schickten wir die Einsatzkräfte von der Feuerwehr nach Hause. Sodann überführten die Männer der Bestattung die Leiche ins Gerichtsmedizinische Institut Graz zur weiteren Obduktion.

Gegen 10.00 Uhr trafen wir uns am Vorplatz des Rüsthauses meiner Heimatgemeinde. Tom kam mit seinem eigens umgebauten VW-Bus, der uns als mobiles Büro diente und kurz als MoB bezeichnet wird, während ich mit meinem Dienstwagen, einem Nissan Pathfinder, noch vor ihm eintraf. Nach einer kurzen freundlichen Begrüßung starteten wir unsere Notebooks und luden die Fotos unserer Kameras auf die Rechner. Jedem von uns war klar, dass der Bericht nicht so schnell beendet sein würde. Die Fotos mussten noch ausgewertet und die Fakten zu einem Bericht gebündelt werden. „Tom, ich habe kein gutes Gefühl bei dem Fall." – „Ich weiß, es ist zu einfach. Kein Versuch von Vertuschung, keine Spuren von Gewalt oder sonst etwas." Während Tom sich an die Auswertung der Fotos machte und eine Tatortskizze am PC erstellte begann ich meinen Teil der Arbeit in Angriff zu nehmen, die Auswertung der Fakten und die Erstellung des vorläufigen Berichtes. Die Idee eines Anschlages ließ mich nicht mehr los. Was mir jedoch als merkwürdig erschien, war die Tatsache, dass nicht das Opfer das eigentliche Ziel war. Es gab keinen Grund dafür. Meine weiteren Schlussfolgerungen verdeutlichten mir, dass der Brandbeschleuniger, in sternförmigem Muster, im Raum zu finden war, ebenso wie die Glassplitter der Whiskeyflaschen. Fingerabdrücke gab es keine, nur eine einzige Zigarettenkippe wurde außerhalb des Hauses im Gras gefunden.
Wir arbeiteten bis kurz vor 13.00 Uhr an unseren Überlegungen und an unserem Bericht, ehe wir, jeder in seinem Dienstwagen, zur Besprechung fuhren. Zum gegenwärtigen Zeitpunkt stand

für uns aber außer Zweifel, dass es sich erstens um einen grausamen Symbolmord der übelsten Art handelte und zweitens, dass wir den Täter nicht ungestraft ziehen lassen konnten. Zu groß war unsere Abneigung gegen den Mörder, der einen alten, gehbehinderten und wehrlosen Mann verbrennen ließ.

III.

„Gentlemen, ich eröffne das heutige Briefing. Die Liga ist seit heute 05.48 Uhr offiziell in Dienst gestellt. Jede Tätigkeit, die Sie bis zu diesem Augenblick getan haben werden Ihre Kollegen übernehmen. Die nötigen Schritte wurden bereits eingeleitet. Sie stehen von nun an unter meiner Führung. Ich dulde keine Widerrede und werde 0 Ergebnisse nicht zulassen." Mit diesen Worten begann Sam die Dienstbesprechung und gerade als mein Verlangen nach Kaffee seinen Höhepunkt erreichte beendete er seine Einführungen mit der Überleitung zu unserem Bericht. Tom und ich sind ein eingespieltes Team. Wir arbeiten schließlich schon lange als Brandermittler zusammen und haben die Ausbildung seinerzeit gemeinsam absolviert. Er ist mein bester Freund und gleichzeitig wäre er mein schlimmster Feind. Unsere privaten Unterhaltungen, wenn wir uns die Zeit dazu nehmen sind äußerst spektakulär. Tom, ein hervorragender Geisteswissenschaftler und ich ein risikofreudiger Pharmazeut. Am Ende unseres Berichtes konstatierten wir, dass es ein Symbolmord war und kein Zweifel besteht, dass weitere Anschläge folgen werden. Wir waren der Meinung, dass dies erst der Anfang und keineswegs das Ende einer Serie bildete. Die weiteren Berichte der Kollegen waren für uns äußerst aufschlussreich und warfen noch mehr Fragen auf, als wir so und so schon hatten.
Das Schlusswort hatte wieder Sam und es war alles andere als entspannend. Der alles entscheidende Satzanfang ließ mir den

Hals zuschnüren und meine innere Unruhe zur Explosion bringen. „Meine Herren, ich komme nun zum Schluss unseres Treffens. Tom und Sebastian werden die leitenden Ermittler sein und ich bitte Euch Sie zu unterstützen, wo immer es geht. Einige von Euch sind schon länger bei der Truppe und andere eben noch nicht so lange. Diese beiden Kollegen sind hervorragende Wissenschaftler und exzellente Denker, jedoch haben Sie noch nie die Rolle der leitenden Beamten übernommen." Es war nicht auszuhalten. Die Blicke unserer Kollegen hafteten an uns, wie Hundescheiße an Schuhen. Ich fühlte mich verlegen. Als Frischling. Unbeholfen. Eben peinlich berührt. Die meisten Kollegen kannten wir und wir verstanden uns mit Ihnen prächtig, sofern man das von Männern behaupten konnte, die in ihren jeweiligen Wissenschaften hervorragende Leistungen erbrachten, ein Ego hatten, das für drei reichte und zum Teil mehr Geld im Monat verdienten als ein Durchschnittsverdiener im ganzen Jahr.

Den jeweiligen leitenden Ermittlungsbeamten obliegt es die einführenden Befehle auszugeben und so taten wir unser Bestes nicht zu bescheiden mit unseren Forderungen zu sein und nicht zu wenig von den Kollegen zu verlangen. „Leute wir sind alle per Du und unsere Namen sind quer durch die Bank bekannt. Wir hoffen auf eure Fähigkeiten als Forscher und Denker!" lautete Toms Ansprache als „Chef der Liga". Chef der Liga wird immer der dienstältere Kollege der leitenden Beamten. Und da er um einen Tag vor mir sein Einverständnis und seine Bereitschaft, getreu dem Leitspruch: Semper Fidelis Populus Osterrichi (ewige Treue dem österreichischem Volke) gegeben hatte, war ich sehr froh nur rechts hinter ihm stehen zu müssen. Alle Kollegen starrten auf ihn und auf mich als Tom seine letzten Worte formulierte und Ihnen einen entspannten Fall mit schneller Lösung wünschte, als Sam das Wort ergriff und uns allen, der Liga, seine aktuellste E-Mail vorlas: „Normalerweise unterbreche ich nicht Eure Reden und Ansprachen aber dies betrifft den gesamten Fall „Feuertaufe"! Ich habe gerade eine Nachricht erhalten. Auf Grund dieser ernenne ich noch im Nachhinein Sebastian als den Chef der Liga. Tut mir leid Tom aber ich erläutere diesen Entschluss sofort. Meine Nachricht bescheinigt mir, was ich, Tom und Sebastian vermutet hatten. Sebastian ist das Ziel des Spinners und sonst niemand. Sebastian, dies ist vermutlich die schwerste Aufgabe in meinem Job … „ Ich fühlte mich nicht wohl in meiner Haut. Mein Puls kletterte ins Unermessliche, mir wurde flau im Magen und ich fühlte meine linke Schläfenader pulsieren. Dennoch wollte ich wissen warum dieser Wechsel vollzogen wurde. Während meiner Gedanken musste ich wieder in mein altes Muster gerutscht sein und meine schlechten Angewohnheiten kamen wieder einmal ungezügelt zum Vorschein. Ich kaute an meinen Fingernägeln und griff nach meinem Päckchen Zigaretten. Ich hatte mir gerade den Glimmstängel angesteckt als Sam die Worte sprach, die ich niemals hören wollte. „Sebastian, es tut mir leid, aber deine Mutter wurde gekidnappt!" Wir haben bei der Routineüberprüfung deines Hauses nur eine Nachricht gefunden, auf der stand: >>Jetzt kommt deine Mutter, und dann bist DU, dran!<< Es ist ein persönlich motivierter Fall und du setzt dich sofort mit Tom und Matt, dem Psychologen, zusammen. Anschließend werdet ihr das Haus deiner Eltern kontrollieren und mir Meldung machen! Sebastian du hast den Sessel des Chefs der Liga durch die persönliche Befangenheit und ich hoffe mich nicht in dir zu täuschen! Liefert mir Ergebnisse und den Drecskerl so schnell es geht lebend aus! An die Arbeit meine Herren. Nächste Besprechung heute hier um 18.00 Uhr! Auf dann. Viel Glück!"

Es kam ihr vor als würde ihr Kopf platzen. Sehr starke Kopfschmerzen durchströmten ihren Körper als sie langsam die Augen aufschlug. Was war geschehen? Nur widerwillig setzte sie sich auf und sortierte ihre Lage. Ein langsamer Blick nach links und rechts versetzte ihr einen ungeheuerlichen Schrecken.

In dem riesigen Keller, außer einer kleinen Lampe, die oberhalb ihres Käfigs montiert war, gab es keine weitere Lichtquelle. Die Beleuchtung reichte noch nicht einmal aus, um den gesamten Keller zu erhellen. Ihr war eiskalt. Es hatte bestimmt nicht mehr als 10 Grad plus und die Feuchtigkeit zehrte bereits an ihren Knochen. „Hallo? Hallo!" schrie sie als sie ihre Gedanken so einigermaßen wieder unter Kontrolle gebracht hatte. Nichts! Keine Antwort! Kein Geräusch! Einfach nichts! Während sie sich in eine Ecke des Käfigs hinhockte und gespannt versuchte nicht in Tränen auszubrechen hörte sie von irgendwo vor ihr eine Türe aufsperren und wieder ins Schloss fallen. „Hallo? Ist da jemand?" Kam es ganz zögernd und von Furcht durchflossen mit zitternder Stimme zwischen ihren Lippen hervor. Nichts! Die Schritte wurden lauter und näherten sich ihrer Position. Genau an dem Punkt, wo die Beleuchtung ihre Grenzen fand blieb die Person stehen und begann furchtbar zu lachen.

„Wen haben Sie erwartet, Frau Seewald? Oder darf ich einfach Liesi sagen?" während er sich einen Stuhl zurecht rückte und sich auf diesen im letzten Lichtkegel der Beleuchtung hinsetzte. „Ich habe Ihnen das Abendessen gebracht." – „Was wollen Sie von mir? Ich hab doch nichts. Wer sind Sie?" Lachen durchbrach die Worte. Das Lachen ging langsam in ein Grinsen über und von überall war ein leichtes Echo zu hören. Es war zuviel für sie. Sie brach in Tränen aus. „Ruhig! Von Ihnen will ich nichts! ... Ich will Ihren Sohn! ... Essen Sie jetzt. Ich würde noch gerne mit Ihnen weiterplaudern aber ich habe noch einen Job zu erledigen. Wir sehen uns wieder morgen früh!" Noch während Liesi schluchzend und in einer Ecke des Käfigs zusammenbrach entfernte sich der Mann aus dem Verlies. Nur leichte Schritte waren zu hören, anschließend ging die Türe auf und fiel mit einer Wucht wieder ins Schloss. Völlige Stille kehrte in den Keller zurück. Nur das Schluchzen und Flehen von Liesi waren zu hören.

Es war bereits gegen 16.00 Uhr als Tom, Matt und ich mit meinem Dienstwagen beim Haus meiner Eltern ankamen. Nach dem Gespräch mit Matt habe ich beschlossen, ihn zu uns ins Boot zu holen, um uns bei den Außenarbeiten zu unterstützen und um neue Ergebnisse sofort in seine Überlegungen und dem Erstellen des Täterprofils einbinden zu können.

Ich traute meinen Augen nicht. Das gesamte Anwesen war über und über voll mit Polizeibeamten. Polizeihunde suchten nach verwertbaren Spuren, die Spurensicherung tat ihren Job im Haus und nahezu die Hälfte der Kollegen der Liga wuselten im und rund ums Haus umher. Zu meiner Verwunderung sah ich Sam auf uns zukommen. Es fiel mir nicht leicht, zumal meine eigene Mutter die entführte Person war, aber während unserer Ausbildung wurden wir auf so einen Fall vorbereitet. Nicht gut genug wie ich empfand. Meine Gedanken waren hier und dort, eben unkontrolliert. „Sam, wie sieht's aus? Was machst du hier?" – „Tom, Sebastian, Matt, es gibt keine Spuren. Keine Fingerabdrücke. Nichts, was auch nur im Entferntesten an eine Gewalttat erinnert." – „Was ist mit der Handyortung?" unterbrach Tom Sams Instruktionen. – „Ergebnislos. Wir haben das Handy deiner Mutter auf der Küchenkommode gefunden." – „Wo ist mein Vater?" – „Auf dem Weg. Er müsste jeden Moment hier eintreffen."

Nur wenige Augenblicke später hörte ich auch schon die Stimme meines Vaters nach mir rufen. Ich unterbrach die Erläuterungen unserer Spezialisten der Liga mit einem kurzen abschweifenden Blick und im Hinausgehen rief ich Tom noch zu, dass ich später eine Zusammenfassung von ihm hören wollte.

Mein Vater wartete ungeduldig vor dem Haus. Zwei Beamte hielten ihn zurück und versuchten ihn zu beruhigen. Aber ich kannte ihn und wusste, dass es vergebens war ihn zurückzuhalten. Deshalb winkte ich den Beamten zu, dass sie von meinem Vater die Finger nehmen sollten und ich begab mich zu ihm. „Lass uns ein wenig gehen", versuchte ich ihn von dem Haus wegzubringen, damit die Kollegen ihre Arbeit zu Ende bringen konnten. Wir spazierten etwa eine halbe Stunde quer durch den Garten unseres Hauses und ich erklärte ihm was geschehen war. Ebenso gab ich ihm zu verstehen, dass meine Mutter, also seine Frau, nicht in Gefahr zu sein schien, denn der Mistkerl hatte es auf mich abgesehen und auf sonst niemanden. Die Zielscheibe stellte ich dar und nicht die Mama. „Personenschutz für dich und den Rest unserer Familie habe ich bereits veranlasst. Es sind immer zwei Beamte in Zivil bei dir. Lass uns unsere Arbeit machen und du wirst sehen, Mama wird nichts passieren."

Kurz nach 18.00 Uhr versammelten wir uns wieder zur Dienstbesprechung. Meine Gedanken waren geordnet und ich konnte es kaum erwarten, die Zwischenergebnisse von der Entführung meiner Mutter zu hören. Ich war völlig unruhig und wollte nur eines. Ergebnisse! Nach und nach betraten die Kollegen die Bühne und lieferten ihre Berichte in perfektem Deutsch, klar und verständlich ab. Als Einleitung verwendete jeder von ihnen eine auswendig gelernte Floskel und brachte mir sein Mitgefühl dar. Was ich jedoch von allen zu hören bekam beruhigte mich keineswegs. Das Gegenteil trat ein und mit jedem Bericht, den ich zu hören bekam wuchs meine innere Anspannung nur umso mehr ins Unermessliche. Wie es sich gehörte führte Sam die Berichte zu einem Ganzen zusammen.
„Der Verkehrsunfall ereignete sich aufgrund eines perfekt ausgeführten Reifenschusses. Der Täter muss ein Profi sein und nimmt in Kauf, dass Unbeteiligte zu Tode kommen. Er ist ein eiskalter Zeitgenosse, ohne Skrupel oder Mitgefühl. Der Zeitpunkt des Anschlages auf Alex war nicht zufällig. Er muss über die Gewohnheiten von unserem Kollegen, Sebastian, gewusst haben. Wie berichtet wurde, wurde Alex aufgrund eines Vorwandes zu Sebastian gelockt und noch ehe er die Einfahrt zu eurem Haus erreichte traf das Geschoß den Reifen. Aufgrund dieses Treffers kam der Wagen ins Schleudern und überschlug sich mehrfach auf der angrenzenden Wiese. Den Rest kennen wir alle. Der Zusammenhang zum Mord an dem

alten Mann stellt sich wie folgt dar: Es muss der gleiche Täter gewesen sein. Er kam ohne Gewalteinwirkung ins Haus und betäubte das Opfer mit Chloroform. Im Anschluss bereitete er alles für den Brand vor und entzündete nach und nach die Molotowcocktails. Dazu benutzte er eine Zündschnur." Je mehr ich zu hören bekam, desto weniger wollte ich etwas damit zu tun haben. Alles drehte sich um meine Person. Es gab keinen Grund. Jedenfalls keinen plausiblen, den ich kannte, warum ein Irrer es auf mich abgesehen hatte. Ich konnte mir keinen Reim darauf machen und zu meiner Verwunderung schafften es auch unsere Profiler und Psychologen nicht ein einheitliches Täterprofil zu erstellen. Die Anhaltspunkte, die sie hatten, waren zu unterschiedlich. Die Taten hatten nicht viel gemeinsam außer, dass sie perfekt ausgeführt wurden und vermutlich bis ins letzte Detail geplant wurden. Es gab keine verwertbaren Spuren. Keine sinnvollen Anhaltspunkte. Keinen Zusammenhang. Kein Fehler war bis jetzt erkennbar.

Da es bereits nach 20.00 Uhr war und die meisten von uns bereits seit 05.00 Uhr auf den Beinen waren entließ ich die Kollegen der Liga bis zum morgigen Tag. Es gab nichts mehr, was wir jetzt noch tun konnten. Wir mussten warten. Auf den nächsten Schritt des Wahnsinnigen warten.

In meinem Heim warteten bereits mein Vater, meine Freundin, Christina, sowie die beiden Kollegen, die die Bewachung unseres Hauses für diese Nacht durchführten. Tom entschied sich in unserem Haus zu nächtigen und ehrlich gesagt war ich sehr froh darüber. Wir setzten uns an den großen Tisch im Speiseraum und unterhielten uns noch bis spät in die Nacht über die Vorkommnisse und über die Ergebnisse der Entführung. Während der ganzen Zeit über hielt Tina meine Hand und versuchte nicht in Tränen auszubrechen. Mein Vater schien mit seinen Gedanken ganz wo anders zu sein und starrte die meiste Zeit schnurstracks aus dem, von ihm aus gegenüberliegenden Fenster. Ich konnte es verstehen und je mehr ich mit ihnen über das ganze sprach, desto ruhiger wurde ich. Gegen Mitternacht machte sich mein Vater auf dem Weg ins Bett. Ich konnte es ihm ansehen. Er war total fertig mit den Nerven und so verabschiedete ich mich von ihm mit einem Satz, der in einem Hollywood Action Film genauso hätte vorkommen können. „Papa, ich verspreche dir, ich werde den Mistkerl schnappen und wenn es das letzte ist, was ich tue!" Tom machte sich an die Arbeit die einzelnen Berichte nochmals durchzusehen und die beiden Kollegen bezogen ihre Posten im Erdgeschoß, sowie im 1. Stock.

Ich holte eine Flasche guten Rotweines und gab Tina zu verstehen mitzukommen. Wir setzten uns in mein Arbeitszimmer im Parterre und nahmen erst das eine, dann das zweite Glas zu uns, ehe ich begann mit ihr ganz offen und ohne Beschönigungen zu sprechen. Wir unterhielten uns über den Fall, die Entführung, meinen Beruf, meine Vermutungen und über meine Befürchtungen. Es gab mir Kraft und Mut, dass sie die ganze Zeit nur neben mir saß und mich reden ließ. Nach meinen Erzählungen schaute ich sie zum ersten Mal seit ich begonnen hatte an und der Anblick war atemberaubend. Ihr langes blondes Haar fiel locker über ihre Schultern und ihre Stirn. In meinem T-Shirt und meiner Jogginghose sah sie einfach umwerfend aus. Sie brauchte kein Make-up oder dergleichen, ihre makellose Figur und ihre Intelligenz waren einzigartig. Ihre natürliche Schönheit war atemberaubend und ihre wunderschönen grüngrauen Augen verrieten mir völliges Vertrauen in mich und in uns. Sie kämpfte mit allen Mitteln dagegen an, in Tränen auszubrechen. „Ich liebe dich." Mehr brachte ich in diesem Moment nicht aus mir heraus und gab ihr einen Kuss auf den Mund. „Weine nicht. Es wird alles gut, du wirst sehen." Ich setzte mich zu ihr auf die Couch und ich nahm sie in den Arm und drückte sie zu mir.

Wir mussten wohl eingeschlafen sein. Tina lag mit ihrem Kopf noch immer auf meiner Brust, meine Hand umschlang sie und vereinte sich mit der ihren auf Höhe ihres Bauches, als das Geklingel meines Privathandys uns aus dem Schlaf riss.

Als ich das Gespräch mit Betätigen der grünen Taste entgegen nahm, erklang eine tiefe, dunkle Männerstimme und startete das Telefonat so schnell, dass ich zuerst gar nicht verstand was vor sich ging. „Guten Morgen! Es ist vollbracht! Es brennt! Das Haus brennt!" War alles was der unbekannte Anrufer mir um 04.48 Uhr mitteilte. Vergebens brüllte ich noch in das Telefon, wer denn da spricht und welches Haus brennen würde. Doch es war zu spät. Der Anrufer hatte bereits wieder aufgelegt.

Ich lief in den Vorraum und rief nach Tom, der bereits durch die Feuerwehrsirene der Feuerwehr aus dem Schlaf gerissen wurde. „Anziehen, los! Wir müssen weg! Brandeinsatz!" Ich hatte noch nicht fertig gerufen, da stürzte er auch schon die Stufen herunter. Mit ihm tappte auch mein Vater und die beiden Kollegen die Stiege herunter und erkundigten sich nach dem Grund des frühmorgendlichen Wirbels. Mir blieb nicht viel Zeit ihnen alles zu erklären. Während Tom den Wagen startete und das Blaulicht auf dem Dach fixierte zog ich mir meine Jeans und den Pullover an, erklärte ihnen den Anruf, gab Tina noch einen Abschiedskuss und verließ im Laufschritt das Haus.

Die Fahrt dauerte nicht einmal zwei Minuten, ehe wir das in Flammen stehende Haus sahen. Der leuchtend rote Feuerkegel musste sogar noch in einigen hundert Metern Entfernung zu sehen gewesen sein. Ungläubig stieg ich aus dem Wagen und verharrte einige Sekunden in völliger Stille, ehe ich zu dem brennenden Haus rannte um nach Überlebenden zu suchen.

Es war vergebens. Aus allen Fenstern und aus der Eingangstür, sowie aus der Terrassentür auf der Rückseite schlugen die Flammen meterhoch in die Finsternis. Die Hitze so dicht am Feuer war fast nicht auszuhalten, dennoch versuchte ich alles um einen Blick in das Haus zu werfen. Doch es war zwecklos. Das Wohnhaus meiner Tante brannte vom Keller bis zum Dachstuhl lichterloh.

Tom hatte mich zurück zum Wagen gebracht und wir konnten nur zusehen, wie meine Feuerwehrkameraden mit allen zur Verfügung stehenden Mitteln versuchten das Feuer zu löschen. An einen Innenangriff war schon lange nicht mehr zu denken. Zu schnell hatte das Feuer das Haus für sich alleine in Anspruch genommen. Wer auch immer sich noch im Haus befand hatte keine Chance. Nicht die geringste Überlebenschance gewährte dieser Mistkerl den Menschen. Blaulichter erhellten die angrenzenden Wohnhäuser und die Körper der vielen Schaulustigen, ebenso wie Toms und mein Gesicht. Wut, Enttäuschung und Zorn kamen in mir auf, als ich mir eine Zigarette ansteckte und eine Träne vergoss. Ich konnte nicht mehr nur einfach so rum stehen und zusehen wie die Feuerwehrkameraden das Feuer zu löschen versuchten. „Tom, was will dieses Schwein? Warum greift er meine Familie, Verwandten und Freunde an? Wieso beendet er das ganze Theater nicht hier und jetzt?" Es gab keine Antwort auf meine Fragen und so blickte mich Tom nur an und gab mir Feuer. „Ich kriege dich! Hörst du? Ich kriege dich!" schrie ich in die Nacht hinaus, in der Hoffnung, dass er mich hörte. Ich drehte mich einmal um die eigene Achse und blickte in die Finsternis, die gerade dabei war zu verschwinden. Die graue Landschaft in der aufgehenden Sonne bildete eine unwirkliche Realität. Der aufziehende Nebel verrichtete das Seine und formte ein grau in grau, in dem niemand eine schöne Seite sah. „Beende es! Hier und Jetzt! Ich bin bereit." rief ich mit all meiner Kraft in die dicke Nebelsuppe.

Tom, die Feuerwehrkameraden, die Kollegen der Polizei und die Nachbarn blickten sich verdutzt um und wussten nicht was mit mir geschehen war. Doch nichts geschah. Rein nichts. Die Folter musste also noch weiter gehen. Es genügte noch nicht. Nach der dritten Zigarette und dem zweiten Kaffee war ich nach außen hin wieder völlig ruhig. Innerlich brodelte es. Wut, Zorn, Freude, Leid und ein wenig Hoffnung, dass diesmal niemand sterben musste durchströmten meinen Körper. Die Gehirnwindungen lieferten Fragen. Zu viele Fragen, um sie sogleich abarbeiten zu können. Das Herz schlug als würde ich eine Überdosis Digitalis in mir haben und das Gesicht formte sich zu einer erstarrten, Furcht einflößenden Mine, die verriet, dass jeder, der auch nur im Entferntesten mich schräg ansprach eine verpasst bekommen würde.

„Schrei nur! Deine Zeit wird schon noch kommen." Flüsterte Gary, den Blick durch das Präzisionszielobjektiv direkt auf Sebastian' Kopf gerichtet. „Ich bin ganz in deiner Nähe. Spürst du es?" Ein leichtes Grinsen durchzog das ansonsten starr wirkende Gesicht und ein leichtes Schaudern lief ihm über den Rücken, als der Nebel ihn erreichte. Sein Gehirn strömte positives Adrenalin und eine Zufriedenheit aus, die er noch nie zuvor gefühlt hatte. Vergessen war die Umwelt, die ihn auf der Anhöhe gegenüber dem brennenden Haus umgab. Das nasse Gras, in dem er bäuchlings lag, fühlte sich mit einem Male wohlig warm an und die Tautropfen, die auf seinen Kopf und Rücken fielen waren vergessen. Zu groß war die innere Freude seiner Überlegenheit und seines brillanten Handelns. „Dieser Idiot wird mich nie kriegen." Grinste er in sich hinein als er von links einen Mann mit einer Waffe im Anschlag auf ihn zukommen sah. „Helfen Sie mir. Ich bin verletzt." flüsterte er dem Eindringling zu. Der Jäger, der sich gerade auf dem Weg zu seinem Hochsitz befand hatte keinen Zweifel. Der vor ihm liegende Mann brauchte anscheinend seine Hilfe. „Was ist mit Ihnen? Wer sind Sie?"
Gary drehte sich blitzschnell in die Richtung des Jägers, der sich nur noch wenige Zentimeter von ihm entfernt hielt und rammte ihm sein Messer in den Bauch. Durch den Schreck und die Wucht des Einstechens löste sich ein Schuss seiner Waffe. Doch es war vergebens. Sein Jagdgewehr lag auf dem Rücken seines Angreifers auf und zielte in die feuchtnasse Wiese. Das Messer steckte in seinem Bauch und hatte bereits wieder den Weg aus der Wunde gefunden. Starr blieb der Jäger stehen. Mit weit aufgerissenen Augen und offen stehendem Mund suchte

sein Blick das gerade Geschehene zu erfassen. Jegliche Farbe verschwand aus seinem Gesicht, als er vor seinem Peiniger auf die Knie sank.

„Sie werden nicht sterben! Ich habe nur die Leber erwischt. Richte ihnen aus, dass Gary hier war!" Mit diesen Worten schnappte er sich sein Objektiv, sein Messer und rannte tiefer in den Wald, während der schwer verwundete Jäger vollends nach vorne kippte und sein Gesicht in kühlem, feuchtem Gras eintauchte.

Gary hatte sich zuvor schon seinen Fluchtweg markiert und musste nur noch den roten Bändern nachlaufen. Nur wenige Minuten trennten ihn von seinem Wagen auf der Anhöhe des Waldes. Der Plan hatte einen Fehler, durchströmte es ihn auf dem Weg vorbei an Bäumen und Geäst. Sein Gehirn arbeitete wieder auf Hochtouren und lieferte ihm nur ein Ergebnis. Kollateralschäden mussten zwar in Kauf genommen werden, aber doch nicht schon jetzt. Der Mensch als unberechenbarer Faktor spielte eine größere Bedeutung als er vermutet hatte. Er musste vorsichtiger sein, durfte nicht so unbedacht handeln und sollte damit rechnen, dass sich nicht alle nur um das Feuer kümmern würden. Es gibt noch viele weitere, die ihm den Plan durchkreuzen konnten.

„Hast du dich wieder gefangen?" war Toms einzige Frage, als wir uns auf dem Weg zu unserem Dienstwagen befanden, um uns für die Brandermittlung auszustatten. Ich gab ihm zwar selbstsicher die Antwort, die er hören wollte, innerlich aber war ich keineswegs gefasst auf das, was wir vielleicht sehen würden. Ein flauer Magen, die Anspannung war kaum auszuhalten und die Gedanken in meinem Kopf verbreiteten eine Nervosität, die nicht mehr menschlich zu sein schien. Gab es Tote? War meine Tante tot? Was ist mit meiner Cousine? Wo war sie? Was passiert gerade im Haus? Warum dauern die Löscharbeiten so lange? Das waren nur einige Fragen, die mich während meiner Vorbereitungen zur Brandursachenermittlung beschäftigten.

Wir wollten uns zuerst einen Überblick über das gesamte Ausmaß der Zerstörung verschaffen. Gab es eine Nachricht? War es vielleicht nur ein Unfall? Wo war die Ausbruchstelle? Wie war die Beschaffenheit der Bausubstanz des Wohnhauses. Einsturzgefahr?

Als wir wenige Minuten später beim Feuerwehreinsatzleiter eintrafen, war er gerade dabei die Kameraden vom schweren Atemschutz zu befreien und ihnen die Frage aller Fragen zu stellen: „Gibt es Tote? ... Wie sieht's drinnen aus?"

Manuel war der erste, der sich von der Maske getrennt hatte und nach wenigen Sekunden des Durchatmens kam für mich, uns, alle Anwesende die erleichternde Antwort: „Nein, keine Toten. ... Im Haus gibt's nichts, das noch zu retten gewesen wäre. Durch und durch verkohlte Möbel und Einrichtungsgegenstände."

Etwas erleichtert und beruhigter legte ich meine Hand auf seine Schulter und atmete die frische Luft ein, während sich ein zweiter Atemschutztrupp auf dem Weg in die Feuerhölle machte um die restlichen Glutnester zu löschen. „Danke." war alles, was ich sagen konnte. Ich wendete mich wieder Tom zu, als ein Schuss die morgendliche Dämmerung durchbrach. Instinktiv duckten sich die Menschen. Viele versteckten sich hinter den Feuerwehr- und Polizeifahrzeugen, suchten Schutz hinter Bäumen, dem Zaun und einige Polizisten mit schwachen Nerven hielten ihre Dienstwaffe im Anschlag.

Die Blicke aller wanderten umher, doch keiner vermochte zu sagen woher der Schuss kam, oder von wem er abgefeuert wurde. Alles um mich herum war mit einem Male so leise, dass ich meinen eigenen Atemzügen lauschen konnte. Ich konzentrierte mich auf meine Arbeit. „Ist wer getroffen worden?" rief Tom in die Runde. „Gibt es Verletzte oder ein Einschussloch?" Durch die hervorragende Ausbildung an verschiedenen Waffengattungen kamen Tom und ich nach

wenigen Worten zum Schluss, dass es sich um ein Jagdgewehr gehandelt haben musste.
Keine 30 Sekunden später hatte sich die Situation wieder einigermaßen entspannt. Die Kollegen der örtlich zuständigen Polizei steckten ihre Glocks wieder ins Halfter, die Feuerwehrleute und Zuschauer kamen hintern ihren Verstecken hervor und blickten sich verlegen um, als sie erkannten, dass es wohl nur ein Jäger gewesen sein musste, der ein Wild erlegt hatte.

„Da, da oben läuft wer!" rief Tom in meine Richtung. Da war es wieder. Die innere Anspannung. Die vielen Fragen. Die Wut. Eben alles war wieder wie es kurz zuvor gewesen war. Die Gewissheit, dass ein Jäger nicht in den Wald flüchten würde. Weshalb auch? Es gab ja keinen Grund, oder? „Tom, wir fahren rauf! Ein Streifenwagen hinter uns her. Ein weiterer zum Pflegeheim. Der Wald findet dort sein Ende. Achtet auf flüchtende Autos. Los!"
Der Weg zur Anhöhe, von wo aus der Schuss zu kommen schien gestaltete sich als äußerst unkomfortabel. Es handelte sich dabei um einen groben Feldweg, der hauptsächlich von Traktoren und schweren Geländewagen genutzt wurde. Die letzten Meter gestalteten sich als äußerst schwierig für meinen Nissan Pathfinder, da die feuchte Wiese schräg in eine Richtung abfiel und der zuschaltbare Allradantrieb Mühe hatte das schwere Gefährt in der Spur zu halten. Dennoch gelang es mir unser Fahrzeug zwischen dem Wald und dem Verletzten zum Stillstand zu bekommen. Die beiden Polizeikollegen in ihrem Standarddienstwagen hatten weniger Glück und blieben bereits auf halbem Weg zum Erliegen.
„Was ist geschehen? Können sie sprechen?" fragte Tom den Mann, den ich sofort als Franz Veit identifizierte. Franz war einer der vielen Jagdpächter innerhalb Pertlsteins und einer der wenigen Jagdinspektoren im Bezirk. Seine große Leidenschaft galt der Jagd und so einen Tod hatte er nicht verdient. Als wir

ihn auf den Rücken gedreht hatten sahen wir sofort die stark blutende Wunde im Bauchbereich. Ein leichtes Röcheln war zu vernehmen und ein angstverzerrtes Gesicht starrte uns an. „Franz, wir sind von der Polizei. Es wird alles wieder gut. Wie ist das passiert?" flüsterte ich ihm halblaut zu als ich meine Hand auf seinen Bauch drückte. Seine Augen wanderten in meine Richtung und sein Mund versuchte uns was mitzuteilen. Ich hielt mein Ohr ganz dicht an seine Lippen um verstehen zu können was er uns sagen wollte. Ein leises Röcheln, ein schweres Atmen und mit seiner letzten Kraft brachte er ein Wort hervor, das ich nicht deuten konnte. „G … Gary …G … Gary …" waren seine letzten Worte, ehe er seine Augen für immer schloss und sein Kopf zur Seite sackte.

Der Anblick war makaber. Franz lag vor uns auf dem Boden. Er war tot. Die zu Fuß herbeigeeilten Polizisten waren völlig ausser Atem und blickten uns entsetzt an. Hinter uns stand unser Dienstwagen mit offenen Türen und eingeschaltetem Blaulicht. Der Nebel wich den ersten Sonnenstrahlen. Kein Laut war zu vernehmen. Völlige Stille. Das Jagdgewehr steckte im 45 Grad Winkel mit dem Lauf weg von ihm in der Erde und zeigte in Richtung des Hauses meiner Tante.
Erst jetzt sortierte ich meine Gedanken und sah was vor uns lag. Unterhalb der Anhöhe lag das noch rauchende Wohnhaus. Von hier oben hatten wir freie Sicht auf die vielen Schaulustigen, die Feuerwehrmänner und Fahrzeuge, die Polizisten und ein sich nähernder Notarztwagen auf der Gemeindestraße. Das Gelände bildete eine freie Bahn auf das geschehene Feuer, auf mein elterliches Wohnhaus und auf die Stelle, wo sich der Unfall mit Alex ereignet hatte.
Die Nachbarn machten sich wieder auf den Nachhauseweg. Die Kameraden von der Feuerwehr begannen ihre Gerätschaften in den Fahrzeugen zu verstauen. Die Polizisten sperrten das Grundstück weiträumig ab und nahmen Fotos von den anwesenden Personen auf.

„Sebastian, die Kollegen haben mir soeben mitgeteilt, dass sie kein Fahrzeug und auch keinen Flüchtigen gesehen hätten." gab mir Tom die Nachricht unserer Kollegen weiter, während ich mir das emsige Treiben im Tal betrachtete, mir eine Zigarette ansteckte und meine Gedankengänge zu entwirren begann.

Der mittlerweile eingetroffene Notarzt stellte den Tod des Jägers fest und veranlasste die Überführung durch ein Bestattungsunternehmen in die Gerichtsmedizinische Abteilung der Karl-Franzens-Universität Graz. Somit war für ihn der Fall abgehakt. Für uns aber begann die Arbeit jetzt erst so richtig.

Nach einer kurzen Rücksprache mit Sam veranlassten wir, dass zwei unserer Kollegen der Liga die Brandermittlung übernahmen und Matt die Befragung der Nachbarn vornehmen sollte. Wir hingegen untersuchten den derzeitigen Mord und übertrugen Sam die wahrscheinlich schwerste aller Arbeiten im Polizeidienst, Franz' Frau und Kindern mitzuteilen, dass er von der Jagd nicht wieder nachhause kommen würde.

Tom und ich sprachen während der Beweisaufnahme nur wenige Worte miteinander. Jeder von uns beiden wusste um seine Aufgaben bescheid und die Zeit Fragen zu beantworten hatten wir noch später. Ich schoss ein Foto nach dem anderen während mein Gehirn immer wieder neue Fragen aufwarf. Warum der Franz? Was machte er hier um diese Zeit? Wer war Gary? Was hat es mit Gary auf sich? Weshalb wurde er mit einem Messer erstochen und wo zum Teufel war es jetzt? War Gary der Flüchtige?

Diese und weitere Fragen schwirrten in meinem Hirn umher und ich zermarterte mir den Schädel um auf all diese Fragen eine Antwort zu finden als es mir eine Erklärung für all den Wahnsinn hier oben auf der Anhöhe wie einen Blitz traf: „Er hat uns beobachtet, Tom. Er war hier!" – „Wer? Und wovon sprichst du?" – „Der Mistkerl hat hier das ganze Treiben der

Einsatzkräfte beobachtet. Er hat meine Rufe gehört." – „Gary, ist dann wohl sein Name?"

Es machte Sinn. Tom und ich legten unsere Dokumentationsarbeiten beiseite und versuchten gemeinsam das hier Geschehene zu simulieren. Wir spielten einige Versionen durch und kamen zum Schluss, dass er von Franz gestört worden sein musste. Es war ein Unfall. Er war unvorsichtig geworden. Er war sich seiner Sache und seines Planes zu sicher. Er war Gary. Aber wer war Gary? Wir wussten noch nichts ausser seinen Vornamen, sofern Gary sein richtiger Name war. Aber der Spinner, der es auf mich und meine Familie abgesehen hat, hatte soeben einen Namen bekommen. Es machte Sinn. Der Reifenschuss, die telefonische Warnung, das Feuer, und zu all diesen Orten hatte man von hier oben freie Sicht. Gary musste nur hier oben ausharren und konnte sich das ganze Szenario seines Terrors aus nächster Nähe und aus der ersten Reihe ansehen.

Ebenso stellte der Wald eine beachtliche Tarnung dar. Durchquert man das Wäldchen kommt man nur wenige Minuten später entweder beim Parkplatz des Gasthauses Zach, etwas nach rechts gelaufen auf der Lichtung vor dem Pflegeheim Pertlstein und noch weiter nach rechts gerichtet beim Schloss heraus. Alle Objekte liegen im Schutze dieses Waldes und wer es riskiert, kommt zu Fuß schnell an einen Ort der völlig sichtgeschützt zu den Tatorten liegt.

Tom stimmte mir zu und nachdem wir den Tatort fertig überprüft hatten begannen wir mit den beiden Polizeikollegen den Wald zu durchsuchen. Wir waren uns einig, dass schon lange keine Gefahr mehr bestand. Gary war mit Sicherheit nicht mehr in der Nähe. Der Zwischenfall mit dem Jäger war nicht geplant und auch nicht vorgesehen.

Nur wenige Schritte am Waldrand fanden wir rote Bänder um einen Baumstamm gebunden. Das Adrenalin schoss durch meinen Körper und mein Herzschlag erhöhte sich als wir mit gezogener Waffe der Markierung folgten. Wir verdoppelten unsere Schrittgeschwindigkeit und kamen immer tiefer in den

Wald. Alle paar Schritte machten wir einen Stopp und horchten in den Wald hinein. Was wir vernahmen war nichts. Einfach nichts. Kein Wild. Kein Vogel. Kein nichts. Anspannung lag in der Luft als wir die nächste Markierung suchten, aber anstelle eines weiteren Bandes fanden wir drei. Drei nebeneinander stehende Bäume und alle drei hatten ein rotes Band um den Stamm gebunden. „Welche Richtung sollen wir weitergehen, Tom?" – „Wir teilen uns auf. Du gehst nach links und ich nach rechts. Die beiden Kollegen nehmen sich die Mitte vor."

Die Kälte ließ Liesi nicht zur Ruhe kommen, als sie ihre Augen leicht öffnete. Sie fror am ganzen Körper so stark, dass sie permanent zitterte. Die Augen waren blutrot unterlaufen und in ihren Tränensäcken befand sich keine einzige Träne mehr, die es zu vergießen galt. Ihre Angst vor dem was schon bald geschehen würde war größer als die Furcht vor den Mäusen und Ratten, die sich immer wieder ihr zu nähern versuchten. Sie hatte das Zeitgefühl verloren und während der letzten Stunden oder Tage nicht mehr als einige Minuten geschlafen. Sie wusste nicht mehr, wie lange es schon her war, seit ihr Peiniger das Abendessen brachte. Sie wusste sich keinen Ausweg mehr. Und so saß sie zusammengekauert in der gleichen Ecke des Käfigs wie beim letzten Besuch des Mistkerls. Ihre Gedanken rotierten aber ihr Gehirn war nicht mehr im Stande einen zusammenhängenden Satz zu formulieren. „Hilfe … Hilfe … so helft mir doch" flüsterte sie nur noch schwach vor sich her. Sie war nicht mehr dazu fähig einen lauten Ton von sich zu geben als die große, weit entfernte Türe, mit lautem Knarren aufging.
Liesi versuchte alles um ihre müden und verschwollenen Augen in die Richtung der Türe zu lenken, doch es war vergebens. Das permanente Leuchten der Lampe und die völlige Übermüdung ergaben mit der über Stunden andauernden Furcht vor dem, was noch geschehen würde eine skurrile und realitätsfremde Wirklichkeit wieder. „Töten Sie mich!" hauchte

Liesi in die Finsternis des Raumes, in dem sie gefangen gehalten wurde. „Du wirst nicht sterben. Ich sagte bereits: Ich will nicht dich, ich will deinen Sohn!" Machte Gary seiner Gefangenen alle Hoffnungen auf Erlösung mit einem Schlag zunichte, während er sich ihr mit einem Tablett langsamen Schrittes näherte. „Ich bringe dir dein Frühstück und eine Überraschung!" verkündete er selbstsicher, stellte das Tablett und die Überraschung außerhalb des Käfigs, in genau der Entfernung ab, in der Liesi gerade noch mit der Hand hinkam und setzte sich grinsend auf seinen Sessel, mit Blickrichtung zum Käfig.

„ISS!" Brach es aus ihm heraus, als er sah, dass sie keine Anstalten machte sich dem üppig ausgestatteten Frühstückstablett zu nähern. Die erste Mahlzeit am Tage war die wichtigste dachte er sich, und so hatte er ein Kännchen Kaffee und Tee, neben einem Dreiminuten-Ei samt Toast und Marmelade für seine Gefangene zubereitet. Ebenfalls erkannte sie eine kleine Vase mit einer weißen Lilie und einer weißen Stoffserviette.

Nur widerwillig schleifte sich Liesi an das vordere Ende des Käfigs und griff nach der Mahlzeit. Als sie das Tablett zu sich heranzog und den ersten Bissen vom Toast abbiss richtete sich Gary auf und fing erneut hämisch zu grinsen an. „Die Überraschung, von der ich sprach liegt neben der Teekanne. Siehst du sie? ... Gut. Die Pistole hat nur eine Kugel im Lauf. Benutze sie, wann auch immer du glaubst. Bedenke aber, Liesi, richte die Waffe nie auf mich. Bin ich tot, kommst du hier nie wieder raus!", drehte sich um und verließ lachend das Gefängnis.

Die Suche im Wald verlief ergebnislos. Alle drei Wege gingen ins Leere. Keine Anhaltspunkte und auch keine Reifen- oder Fußspuren. Tom traf nur wenige Minuten später auf die beiden Polizeikollegen auf der großen Lichtung vor dem Pflegeheim und ich fand ein jähes Ende meiner Suche bei den Fischteichen der Dorfwirtin. Es war vergebens und so beschlossen wir nach einer kurzen Absprache uns von den Kollegen abholen zu lassen und überließen die weitere Suche in den angrenzenden Wäldern einer Hundertschaft von uniformierten Polizisten und der örtlichen Feuerwehr.

Als Tom und ich wieder am völlig ausgebrannten Haus meiner Tante ankamen hatten sich Sam, Matt, die beiden Brandermittler, der Feuerwehrkommandant und der Bezirkspolizeikommandant bereits in der Einfahrt versammelt. Es schien als warteten alle nur noch auf uns. Nach den üblichen Floskeln der Begrüßung und dem Austausch der Nettigkeiten begannen Chris und David mit ihrem Bericht über das Brandobjekt.

„Wir haben es hier eindeutig mit Brandstiftung zu tun. Es gibt keine Toten und keine Verletzten. Vom Keller bis hin zum Dachstuhl wurden Heuballen verstreut und mit einer Flüssigkeit, die wir im Labor gerade untersuchen lassen, getränkt und im Anschluss vermutlich mit einer Zündschnur in Brand gesteckt. Durch die entstandenen Dämpfe kam es in Folge des Feuers zu einer Verpuffung, wobei die Fensterscheiben und die Terrassentüren zersplitterten. Das Feuer konnte auf Grund des entzogenen Sauerstoffes schnell von der Feuerwehr unter Kontrolle gebracht und schließlich auch gelöscht werden. Verwertbare Spuren fanden wir im Haus keine aber was wir gefunden haben passt zu unseren Vermutungen. Unserem Fall, >>Feuertaufe<<. Im Schlafzimmer fanden wir eine Metallplatte mit einer Nachricht. Diese Nachricht gilt vermutlich dir, Sebastian. >> Stelle dich deiner Angst, oder die Angst stellt dich!<<"

Uns allen war klar, dass dies ein weiterer Anschlag von Gary war. Jeder dachte es sich, aber keiner wusste wie dem Dreckskerl Einhalt zu gebieten war. Matts Befragungen der Zaungäste und Nachbarn förderte nichts Verwertbares zu Tage. Die Meisten von ihnen hatten in ihren Betten gelegen und geschlafen und wurden erst durch die Feuerwehrsirene und den Folgetonhörnern der Einsatzfahrzeuge geweckt. Die

Wenigen, die bereits den neuen Tag begonnen hatten, hatten nichts gesehen oder gehört.

Die weiteren Berichte der Einsatzleiter der Feuerwehr und der Polizei waren wenig aufschlussreich. Der Feuerwehrkommandant bekräftigte die Schnelligkeit und Effizienz seiner Mannschaft und fragte ganz offen in die Runde, wie es jetzt weitergehen würde. „Wird es noch weitere Brände geben?" Diese Frage beantwortete sich von ganz alleine, aber dennoch erhielt er von Tom eine Antwort mit der er nicht gerechnet hatte. „Wir sind der Überzeugung, dass die Brandserie weitergehen wird und hoffen weiters auf die gute Zusammenarbeit. Eine Bereitschaftswache während der nächsten Tage und Nächte wäre wohl angebracht." Seine Stimme und Haltung waren selbstsicher als er uns antwortete: „Hab ich mir schon gedacht. Wird sofort installiert!" doch seine Augen und Mimik verrieten uns etwas anderes. Er war nervös und sich nicht sicher wie es weitergehen würde. Würde sich ein Feuerwehrkollege bei einem Einsatz verletzen? War das nächste Ziel dieses Irren ein Feuerwehrmann? Wie sollte er die Kameraden beruhigen und gleichzeitig selbst ruhig bleiben, wenn er es jetzt schon nicht war?

Als Chef der Liga stellte ich Chris und David als weitere Außendienstmitarbeiter ab und überließ ihnen die weiteren Ermittlungen im geschehen Brandfall. Ich vereinbarte mit allen Anwesenden um 10.00 Uhr eine kleine Dienstbesprechung im Sitzungssaal des Feuerwehrhauses und stellte klar, dass ich bis zur erneuten Zusammenkunft ausführliche Berichte erwartete, sowie wenigsten vorläufige Ergebnisse des Labors und einen ersten Bericht der Obduktion.

Ich konnte nicht nach Hause. Noch nicht. Es hatte wieder gebrannt und wieder hat es ein Familienmitglied von mir erwischt. Zu groß war die Angst vor den vielen Fragen meines Vaters und meiner Freundin, Tina. Ich konnte ihnen nicht in die Augen sehen und sagen: >>Ich hab zwar noch keine Spur, noch keine Antworten aber ich arbeite an der Lösung. << Zu viele Rätsel gab es, die noch zu klären waren und zu wenige Antworten über den Fall. Wir hatten noch nichts in der Hand um eine Spur zu diesem Irren aufbauen zu können. Wo war meine Mutter? Lebte sie noch? War sie verletzt? Warum war ich der Schlüssel in diesem Fall? Was hatte es mit Gary und der letzten Nachricht von ihm auf sich?

Also packte ich Tom und Matt in mein Auto und wir fuhren quer durch die Ortschaft. Vorbei am Feuerwehrhaus, vorbei am Buschenschank Krois und vorbei am Café Ingrid, zum einzigen Gasthaus in der Gemeinde, das bereits um acht Uhr früh geöffnet hatte. Während der Fahrt redeten wir kein einziges Wort. Der Himmel öffnete langsam aber stetig seine Schleusen. Es begann gerade zu regnen als aus dem Radio von Bon Jovi >> you give love a bad name << zu hören war. Das Lied passte zu unserem Fall und zu unserer derzeitigen Situation wie die Faust aufs Auge.

In der Gaststube setzten wir uns an einen Tisch, der von den Blicken der Gäste versteckt lag und nahe genug am WC war, um die kleinen Geschäfte, der sich in Eile befindenden Lokalbesucher, vernehmen zu können. Wir bestellten Kaffee und ein kleines Frühstück, bestehend aus einer Semmel gefüllt mit Butter und Wurst, für den schnellen Hunger, der in uns vorherrschte. Die neugierigen Fragen der Wirtin und der Kellnerinnen wehrte ich geschickt ab und bat sie uns nicht mehr zu stören, ehe ich mit Tom und Matt über den eigentlichen Grund unseres Frühstückes zu sprechen begann.

Ich versuchte ihnen eine kleine Einführung meiner Vermutungen zu geben. Die Vermutung, dass uns die Entschlüsselung der neuesten Nachricht << Stelle dich deiner Angst, oder die Angst stellt dich! >> ein schönes Stück nach vorne bringen würde. Wenn es mit mir zu tun hatte, musste die Antwort in mir und in der Nachricht liegen. Tom und Matt stimmten mir zu und wir begannen über meine größte Angst, die Angst des Versagens, zu sprechen. Einige Wortgefechte und innerliche Auseinandersetzungen   später musste ich feststellen, dass nicht diese eine Angst die größte in mir war. Matt versuchte sich ein Bild von mir zu machen und bohrte immer weiter. Er stellte mir private Fragen ebenso wie berufliche, finanzielle genauso wie sexuelle. Leider konnte ich nicht sagen, dass diese Themen mich auf irgendeine Weise ängstigten. Zu selbstsicher und egozentrisch war ich um auch nur in einer dieser Disziplinen versagen zu können. Während unseres Gespräches hatte sich Toms Gesichtsausdruck von einem fragenden in einen nachdenklichen verwandelt. Er überlegte und musste wohl ziemlich in sich gegangen sein als ich ihm eine einfache Frage stellte. Er blickte starr gerade aus und machte keine Anstalten die gestellte Frage zu beantworten. „Tom, hörst du mich?" – „Was? Ja, ja. ..." er blickte mich an und zeigte keine Gefühlsregung als er mit seinem Satz fortfuhr, der mir die Kehle zuschnürte. „Was ist mit deiner Angst vor Schlangen?" Ich wusste nicht wie mir geschah. Es war wieder da. Der Magen verkrampfte sich, ein leichter Schweißausbruch und eine grausame Nervosität breitete sich in mir aus. Mein Puls erhöhte sich dermaßen, dass ich in meiner Brust mein Herz schlagen spürte.

Ich hatte nicht daran gedacht. Es schien mir zu weit entfernt. Meine Furcht vor Schlangen war enorm. Ich konnte sie nicht sehen, nicht einmal im Fernsehen oder in Zeitungen. Alleine der Gedanke an diese Tiere ließ mich erstarren.

Im Labor gaben sich die Wissenschaftler alle Mühe um wenigstens etwas bei der kleinen Dienstbesprechung vorweisen zu können. Die Mathematiker und Informatiker stellten Berechnungen zum Tathergang und von der Anhöhe zu allen Tatorten auf. Die Biologen und Chemiker untersuchten Probe um Probe und mühten sich ab verwertbares von unwichtigem zu unterscheiden. Die Muffelöfen und Reagenzgläser glühten und lieferten Ergebnisse in den unterschiedlichsten Farben. Von blau über rot, bis hin zu grün waren alle Farbfacetten vorhanden. Die Fotografen und Profiler versuchten krampfhaft jedes vorhandene Bild zu deuten und zu interpretieren, während Chris und David weiteres Material zur exakteren Untersuchung heranschafften. Sam hatte alle Hände voll, die vielen Einzelberichte zu einem ganzen zu bündeln und wichtiges von unwichtigem zu trennen.

Es war ein Wettlauf mit der Zeit. Genauigkeit bei der Arbeit war das Um und Auf, jedoch galt es die Deadline von zehn Uhr einzuhalten und Ergebnisse abzuliefern. Jeder in dem kurzfristig errichteten Labor wusste dies. Vereinzelt fanden sich Schweißperlen auf den Stirnen der Forscher und Zeit für eine Kaffeepause gab es keine. Lediglich das brodelnde Geräusch von Flüssigkeiten, die Lüftungsventilatoren und die schnellen Schritte auf dem Gang zwischen den Arbeitsplätzen waren zu vernehmen, als das Geklingel von Sams Handy einige neugierige Blicke auf sich zog.

Noch auf dem Weg nach draußen nahm Sam das Gespräch entgegen und begrüßte sein Gegenüber freundlich aber bestimmt. „Hier ist Prof. Lanzinger vom Pathologischen Institut Graz." gab sich Sams Gesprächspartner zu erkennen. „Der Obduktionsbericht ist fertig. Jedoch habe ich keine großen Neuigkeiten für Sie. Ich wollte Ihnen nur Bescheid geben, dass ich den Bericht jetzt faxe." Zu gerne hätte Sam noch die Zeit gehabt sich den Bericht der Obduktion in aller Ruhe durchzulesen und Stichwörter heraus zu schreiben, aber die Zeit reichte nur noch für einen Kurzflug über das Geschriebene aus, ehe er die vielen Teilberichte in seine Tasche packte und mit Chris und David zur kleinen Dienstbesprechung aufbrach.

Pünktlich zur vereinbarten Uhrzeit trafen Matt, Tom und ich im Sitzungssaal des Feuerwehrhauses ein. Wie es schien waren wir die Letzten aber wir waren der Entschlüsselung der letzten Nachricht unseres Wahnsinnigen ein ganzes Stück näher als zuvor.

Wir diskutierten eine ganze Weile und jeder von ihnen lieferte uns seine neuesten Ergebnisse und versuchte diese in das große Puzzle einzubauen. Jedoch kamen wir nicht weit und der Name Gary war alles was wir bis jetzt hatten. Irgendetwas in mir verriet mir, dass Sam uns nicht die ganze Geschichte die hinter dem Namen Gary steckte erzählte. Ich hatte eine Ahnung und wusste nicht woher sie kam aber jedes Mal wenn der Name Gary fiel zuckten seine Augen und Sam blickte denjenigen, der den Namen aussprach, starr an, so als ob er einen Geist gesehen hätte. Ich gab nach einer Weile Tom ein Zeichen, das von den übrigen nicht zu erkennen war, dass er Sam im Auge behalten sollte.

Chris' und Davids fertiger Bericht über den heutigen Brand lieferte wenig Neues. Die Nachricht und die Erkenntnis, dass keine verwertbaren Spuren zu finden gewesen wären war alles was sie uns liefern konnten. Die Vorgehensweise war ähnlich perfekt ausgeführt wie beim ersten Brand. Gary wusste, dass sich meine Tante nicht im Haus aufhielt. Er wollte uns nur ein Zeichen geben. Aber welches? Vielleicht, dass er mir immer näher kommen könnte, ohne dass wir ihn schnappen könnten?

Die Dienstbesprechung verlief schnell und unkompliziert. Wir waren nicht viel weiter als am Anfang und der Name Gary löste in Sam etwas aus, das wir nicht zu deuten wussten. So wie Sam etwas vor uns verschwieg, verschwiegen auch wir ihnen, was wir bei dem Frühstücksgespräch im Gasthaus über mich und meine Ängste in Erfahrung bringen konnten. Tom und ich waren uns nach nur zwei Sätzen einig, dass Sam der Name Gary bekannt war und er mehr darüber wusste als irgendjemand sonst. Was war das Geheimnis hinter dem Namen? Warum sagte er uns nichts darüber? Wer war der Spinner wirklich und warum war ich das Ziel?

„Sam, Tom und ich haben einige Fragen an dich. Kannst noch kurz hier bleiben?" rief ich ihm auf halbem Wege zu seinem Auto hinterher. „Sicher. Um was geht's?" drehte sich um und wurde mit jedem Schritt den wir auf ihn zugingen sichtlich nervöser. „Sam, du weißt mehr über den Namen Gary, als du eben in der Sitzung von dir gegeben hast." begann ich in ruhigem Ton mein Gespräch. Auf Sams Stirn bildeten sich einige Schweißperlen, seine Lippen glitten leicht auseinander und bildeten eine kleine aber deutliche Lücke und seine Gesichtsfarbe wich einem weißen Farbton. „Nein. Ich weiß nichts über einen Gary!" versuchte er sich aus der prekären Situation zu befreien. Vergeblich. Tom und ich standen direkt vor ihm, Fußspitze an Fußspitze und hinter ihm befand sich sein Auto. Wir hatten ihn sprichwörtlich wie eine Ratte an die Mauer gedrängt. Er konnte uns jetzt nicht mehr entkommen und Ausflüchte waren zwecklos. Er stand mit dem Rücken an der Wand. „WER ist GARY?" brüllte Tom Sam ins Gesicht. „Sag schon!" brach es aus mir heraus. Er erkannte seine Situation richtig und entschied sich für die einzig vernünftige Antwort: „Ok, Ok, ich erzähle euch was ich weiß, aber nicht hier."

Wir willigten ein und setzten uns nur wenige Augenblicke später an einen Tisch im ersten Stock des Café Ingrid, unweit des Feuerwehrhauses. Sam begann seine Erklärungen erst als er sich vergewissert hatte, dass niemand vor der Türe zu sehen oder zu hören war und versperrte dieselbe zweimal von innen. Ein seltsames Gefühl überkam mich bei der dargebotenen Szenerie. Wir saßen in einem Raum im ersten Stock, der von innen versperrt war und vor jedem von uns stand eine Tasse Kaffee auf dem Tisch. „Hört mir genau zu. Tom, Sebastian, die Wahrheit ist, dass ich mehr weiß als ich dürfte. Nur leider darf ich nichts darüber erzählen. Das ist eine Anweisung von ganz oben. Die zuständigen Behörden arbeiten an einer Lösung. Es geht auch um mein Leben." Ich konnte oder wollte ihm nicht mehr zuhören. Sam hatte eine Antwort auf den Namen Gary und durfte uns nichts darüber erzählen. Das Leben meiner Mutter, meiner Verwandten und Freunde, ja selbst mein Leben war nicht so viel wert? Hatte ich ihn richtig verstanden? Ich bin nur ein Zwischenfall der so nicht geplant war? Gerade als meine Aufmerksamkeit am geringsten war, deutete er mit einem Finger auf seinen Gürtel und fasste sich mit seinem Zeigefinger auf die Lippen. Tom und ich verstanden sofort, was das zu bedeuten hatte. Wir waren nicht allein. Wir wurden abgehört. Aber von wem? Und vor allem warum?

Sam schlug seinen Notizblock auf und schrieb in leserlichen Buchstaben: >> Projekt Gary << und >> CIA << darauf. Wir deuteten die Symbolik richtig und verabschiedeten uns nicht gerade freundlich von unserem Boss.

Noch auf dem Weg zu unserem Dienstwagen gab ich Chris und David über unsere Neuigkeiten bescheid und erteilte ihnen den Auftrag alles nur Menschenmögliche zu unternehmen um mehr über das >> Projekt Gary << herauszufinden. Ich konnte fühlen, dass wir näher an der Lösung des Falles waren als es den Herren in Wien und Washington lieb war. Wir durften uns jetzt nur nicht unterkriegen lassen und mussten immer tiefer in den Fall und vor allem auch in Gary eintauchen.

Sinnloses Warten auf das, was noch geschehen würde war noch nie meine Stärke. Das Labor arbeitete auf Hochtouren, Chris und David waren mit Gary beschäftigt und einfach nur rum sitzen und auf die nächste Katastrophe warten konnte ICH nicht. Wollten WIR nicht. Wir konnten in diesem Moment nichts unternehmen und da wir sowieso nur in unser Mobiles Büro zurückkehren wollten um die letzten Ereignisse in den Fall einzubauen, beschloss ich den Weg bis zum Parkplatz des Gemeindeamtes, wo Toms Dienstwagen stand, zu Fuß zurückzulegen. Ich musste meine Gedanken sortieren und versuchen einen klaren Kopf zu behalten, wenn ich den Fall lösen wollte. Tom und ich verabschiedeten uns. „Tom, wenn ich in spätestens 20 Minuten nicht bei dir bin, kannst du die Polizei verständigen." grinste ich in seine Richtung und begann den Fußmarsch mit dem Entzünden der ersten Zigarette an diesem Nachmittag.

Meine Gehirnwindungen arbeiteten mehr als jemals zuvor und lieferten nur Fragen über Fragen. Das Rätsel begann immer komplexer zu werden und niemand konnte oder wollte uns helfen. Die Antworten lagen irgendwo beim österreichischen oder amerikanischen Geheimdienst versteckt und durften auf keinen Fall aufgedeckt werden. Aber warum? Was war das Geheimnis, dass es wert war, mich, meine Familie und meine Freunde in Lebensgefahr zu bringen oder viel schlimmer noch ihren und meinen Tod in Kauf zu nehmen?

Tom und Matt vertraute ich blind und es gab für mich keinen Grund daran zu zweifeln. Chris und David musste ich, wenn ich Ergebnisse wollte, wohl oder übel Vertrauen schenken. Obwohl sie erst seit kurzem bei der Truppe waren und in der Welt außerhalb der Liga und ihres Jobs keine richtigen Freunde hatten, strahlten sie etwas aus, was man mehr oder weniger als vertrauenswürdig bezeichnen konnte. Bisher hatten sie ihre Arbeiten hervorragend gemeistert und gierten nach neuen und schwierigeren Aufgaben als die letzte. Ich hoffte nur, dass ich sie nicht zu sehr in die Scheiße geritten hatte mit dem Auftrag alles nur Mögliche über das Projekt Gary herauszufinden. Sam konnte ich nicht mehr vertrauen. Er wusste etwas und durfte oder wollte es uns nicht mitteilen, obwohl mein Leben von der Lösung des Falles abhing. Was sollte ich davon halten? Wo war seine Loyalität gegenüber der Liga? Und warum hängte auch sein Überleben davon ab, nichts über Gary preiszugeben?

Ingrid, die Wirtin des gleichnamigen Café's, wollte sich gerade auf den Weg machen um die leeren Kaffeetassen zu holen und Sam die Rechnung zu übergeben, als zwei Herren das Lokal betraten. Bereits beim Anblick der Männer überkam sie ein Gefühl, dass sie zuvor noch nie verspürt hatte. Es setzte sich aus Angst, Furcht und Ungewissheit über ihre Zukunft zusammen. Ihre Hände begannen leicht zu zittern und mit nervöser Stimme fragte sie schließlich, was die Herren zu trinken wünschten. Nichts. Sie gaben ihr keine Antwort, blickten sich im Lokal um und gingen zur Stiege, welche in den ersten Stock führte. Einige Sekunden später standen sie vor der angelehnten Türe des Raumes, in welchem sich noch vor wenigen Minuten Sam, Tom und Sebastian getroffen hatten. Sam war gerade dabei seine Unterlagen wieder in die Aktentasche zu räumen und das Geld um die ausstehende Rechnung begleichen zu können zu suchen, als die nur angelehnte Türe langsam und vorsichtig aber ohne irgendein Geräusch nach innen aufschwang. Sam drehte seinen Kopf leicht zur Seite und erstarrte sichtlich beim Anblick der Agenten. Die zwei waren seine besten Freunde und gleichzeitig seine schlimmsten Feinde. Sie trugen elegante, schwarze Anzüge, die hervorragend zu ihren teuren schwarzen Schuhen passten und die weißen Hemden zierte am Kragen eine perfekt gebundene schwarze Krawatte. Der Gesichtsausdruck der Agenten lieferte keine Regungen. Die Augen waren auf ihn fixiert und durchbohrten ihn förmlich. Sie waren kalt und ergaben den Eindruck, dass man, wenn man nur wollte, durch sie hindurchschauen konnte. Nicht den geringsten Anschein eines freundlichen Besuches lieferten ihre schwarzen Lederhandschuhe, die im Einklang mit ihrem sonstigen Erscheinungsbild waren. Genauso lautlos, wie sie die Türe öffneten glitten sie in den Raum und sahen sich in jeder Ecke und unter dem Tisch um.

„Sam, du weißt warum wir hier sind?" – „Ja, …" war alles, was er noch sagen konnte, ehe eine Kugel aus dem Pistolenlauf geschossen kam und ihm ein kleines Loch zwischen den Augen verpasste. Der Aufprall der Kugel war so gewaltig, dass Sams Kopf nach hinten flog, in weiterer Folge nach vorne sackte und zwischen seinen Schultern sein Ende fand, während gleichzeitig seine Knie versagten und er rücklings auf den frisch gereinigten Teppichboden des Raumes fiel.

Während der jüngere der zwei sich Sams Aktentasche nahm, steckte der Schütze seine Waffe wieder ins Halfter unter seinem Anzug. Ein letzter Blick auf die Leiche und mit den Worten: „Schade um dich Sam. Du warst ein guter Mann." verließen sie genauso lautlos, wie sie gekommen waren die Stätte ihres Wirkens.

Tom und Matt warteten bereits bei meinem Nissan auf mich, als ich auf sie zuging und den letzten Zug meiner Zigarette inhalierte. Je näher ich ihnen kam desto beunruhigter wurde ich. Ihre Haltung, ihr Gesichtsausdruck und der geistesabwesende Blick verrieten mir nichts Gutes. „Was ist los? Gibt's was Neues von meiner Mutter?" fragte ich sie während ich beide genauer musterte und eine tiefe Trauer in Toms und Matts Augen sah. Sie blickten mich nicht an, sondern stierten nur auf den Boden vor mir. Ich wusste es war was geschehen. Ich hatte noch nie zuvor solche ausdruckslosen Gesichtszüge von Tom oder von Matt gesehen. Wurde meine Mutter gefunden? War sie tot? Was war es, das die beiden aus der Bahn geworfen hatte?
Tom hob ganz leicht seinen Kopf und sah mir tief in die Augen als er mir die schreckliche Nachricht überbrachte. Ich vermochte nicht zu glauben, was ich aus seinem Munde vernahm. „Sebastian, die zuständige Polizei hat uns gerade eben darüber informiert, dass es ein weiteres Mordopfer gibt. Sam ist der Tote!" Sam war tot? Er wurde kurz nach unserem Treffen im Café ermordet? Hätte ich Sam vertrauen sollen? Oder doch nicht? Diese Frage stellte sich jetzt nicht mehr. Ich verspürte eine tiefe Leere in mir aufsteigen. Eine Leere die ich zuvor noch nicht gefühlt hatte. Er war es, der mich in die Liga geholt hatte und schließlich war es auch er, der mir die Leitung dieses Falles übertragen hatte. Gab es Zusammenhänge zwischen seinen bisherigen Handlungen und dem Fall? Wir mussten uns jetzt am Riemen reißen und alles versuchen um dem Wahnsinn ein Ende zu bereiten. Wir mussten den Tatort besichtigen, um weitere Schlüsse ziehen zu können.

Wir hielten mit unserem Dienstwagen vor dem Café, in dem das Unfassbare geschehen war, als mich das Läuten meines Handys in die Realität zurückholte. Noch während ich aus dem Nissan kletterte sah ich die Polizeifahrzeuge, die den ganzen Parkplatz versperrten. Überall war Bewegung zu verzeichnen.

Polizisten sperrten die Straße und das Anwesen ab, und das Fahrzeug des Bestattungsunternehmens war bereits auf der Straße zu sehen.

Ich kannte die Nummer nicht, die auf dem Display aufschien, aber sie hatte etwas Geheimnisvolles an sich und von irgendwo her kannte ich sie bereits. Tom und Matt machten sich bereits auf dem Weg ins Innere des Hauses als ich das Gespräch entgegennahm.

Am anderen Ende der Leitung war niemand geringerer als der oberste Chef der Liga, der Direktor des österreichischen Geheimdienstes. Die Begrüßung fiel beiderseits sehr kühl und kurz aus, immerhin gab es wichtigeres als mit ihm ein Schwätzchen zu halten. Doch es stellte sich schon bald heraus, dass es mehr als nur ein zufälliger Anruf war. Der Direktor erklärte mir den Sachverhalt, um welchen er mich anrief sehr emotionslos und in kurzen Worten.

Da Sam jetzt tot sei und ein anderer seine Position einnehmen sollte entschied er sich für mich, da ich in dem aktuellen Fall der Chef der Liga war und somit der ranghöchste Beamte auf dem Kriegsfeld des Terrors wäre. Falls ich weitere Hilfe bräuchte, sollte ich mich einfach bei ihm melden und er würde alles Weitere veranlassen.

„Direktor, erlauben Sie mir die Frage, woher Sie so schnell von Sams Tod erfahren haben?" – „Das kann ich nicht. Auch ich habe meine Anweisungen. Das müssen Sie verstehen." Was für eine beschissene Antwort war das denn? Mit solchen Floskeln sollte er mich besser nicht füttern, dachte ich mir als ich ihm die vielleicht wichtigste Frage in dem Fall zu stellen begann. „Direktor, was wissen Sie über das Projekt Gary?" – „Nichts! Sie sollten Ihre Kollegen besser von der Nachforschung abziehen. Graben Sie sich nicht Ihr eigenes Grab!", war alles was er mir noch zu sagen hatte und legte auf.

Die Zeit mir groß Gedanken über das eben geführte Gespräch zu machen hatte ich nicht und so beschloss ich mich der Tatortbesichtigung zu widmen. Matt und Tom konnten mir später bei der Entschlüsselung des Telefonates helfen.

Vor der Türe, in welchem sich der kleine Raum unseres heutigen Treffens befand, waren zwei uniformierte Polizisten postiert. Nach dem ich mich ausgewiesen hatte, gewährten sie mir Zutritt und ich blieb erschrocken im Türstock stehen. Vor mir lag Sam, auf dem Rücken, mit weit aufgerissenen Augen und offen stehendem Mund. Sein Gesicht sah kalt und unwirklich aus. Der Tod starrte mich mit seiner entsetzlichsten Fratze an. Tom und Matt knieten neben Sam und hatten bereits mit der Tatortsicherung begonnen. Die Einschussstelle war genau zwischen seinen Augen und die Austrittswunde verbarg sich am Hinterkopf. Sam musste dem Täter ins Gesicht gesehen haben, denn genau hinter ihm waren Blutspritzer gepaart mit Teilen seines Schädelknochens und Hirnmasse auf den Vorhängen verteilt. Das Projektil hatte seinen Schädel durchschlagen und gespalten, als ob man eine Melone aus dem zweiten Stock auf den Gehsteig fallen ließ. Der Schuss musste in unmittelbarer Nähe ausgeführt worden sein.

Ich konnte mir das Szenario nicht länger betrachten und verließ den Raum so schnell, wie ich ihn betreten hatte. Mein Magen verkrampfte sich und mir wurde spei übel. Das Gesehene schockierte selbst mich, einen ausgebildeten Bundesbeamten. Als das Schwindelgefühl wieder etwas nach ließ stemmte ich mich von der Wand weg, an der ich mich für diese wenigen Sekunden angelehnt hatte und atmete tief durch. Ich kannte Sam nun schon einige Jahre und er war mein großes Vorbild in der Liga. Seine Ermordung glich eher einer Hinrichtung als an einem Unfall, soviel stand schon mal fest. Auf dem Weg zu Ingrid, die ihn so gefunden hatte ließ mich eine Frage nicht mehr los: Musste Sam sterben weil er uns helfen wollte oder weil er zuviel wusste?

Ingrid saß zusammengesunken auf einer ihrer Kaffeehausbänke und schluchzte vor sich hin. Der eingetroffene Notarzt versorgte sie nach bestem Wissen und verabreichte ihr zur ersten Schockbewältigung eine mindergroße Dosis Valium. Im Laufe des kurzen Gespräches, dass ich mit ihr führte schilderte sie mir wie die zwei Männer in ihren schwarzen Anzügen das Lokal betraten und sich ohne auch nur ein Wort zu sagen dem kleinen Zimmer im ersten Stock zuwandten. Nachdem sie die Stiege betreten hatten, hatte sie die Flucht ergriffen und war erst wieder zurückgekehrt, als sie die Zwei in ihre schwarze Limousine steigen und davon fahren sah. Sie konnte zwar das Nummernschild nicht erkennen, aber das Fabrikat war eindeutig, eine große schwere BMW Limousine. Der Fakt, dass es sich um zwei Männer gehandelt hatte, dass sie kein Wort über ihre Absichten verloren hatten und dass sie eine dunkel getönte, schwarze Limousine fuhren ließ in mir das flaue Gefühl aufkommen, dass es sich um Agenten des österreichischen Geheimdienstes handelte.

Schweren Herzens setzten Tom, Matt und ich uns am gleichen Abend noch zusammen um die letzten Ereignisse Revue passieren zu lassen. Nachdem wir drei uns rund um den Schreibtisch in meinem elterlichen Hause niedergelassen - und den Polizisten erklärt hatten, dass wir bis auf weiteres nicht gestört werden wollten, holte ich eine Flasche Whiskey und drei Gläser aus einem meiner Regale und stellte sie mitten auf die Akten und Berichte. „Stoßen wir zuerst auf Sam an" unterbrach ich die Stille, die in dem Raum eingekehrt war, als Tom und Matt mich mit der Flasche sahen. „Auf Sam" – „Und auf dass wir den Fall knacken!" stimmten zuerst Matt und dann auch Tom mit ein, wir stießen unsere Gläser direkt über der Tischmitte zusammen und nahmen den ersten Schluck zu uns.
Wir diskutierten noch stundenlang über das verwirrende Telefongespräch, dass ich mit dem Direktor hatte, über Sams Hinrichtung, über die Agenten und über den Fall als Ganzes. Unsere Schlussfolgerungen ließen nichts offen. Wir hatten es mit einem Problem zu tun, das größer zu sein schien, als bisher angenommen. Der Direktor hatte mich gewarnt im Projekt Gary weitersuchen zu lassen. Musste ich jetzt davon ausgehen, dass

Chris und David in Lebensgefahr steckten? Wo waren sie eigentlich? Warum hatten sie sich nicht schon längst gemeldet? Sam hatte uns etwas verraten, das ihn das Leben gekostet hatte. Aber nicht von Gary oder einem anderen Spinner! Nein das Kostbarste, das ein Mensch und jedes Lebewesen besitzt, das eigene Leben, wurde ihm von Kollegen aus den eigenen Reihen genommen. Warum haben diese Verräter seine Aktentasche mitgenommen? Was war darin? Und warum hatte er uns auf die Fährte >>Projekt Gary<< gebracht und nichts weiter darüber verraten? Was sollte das ganze Spiel? Warum wurden wir von oberster Stelle an der Lösung des Falles >>Feuertaufe<< gehindert?

Wir waren uns einig, dass wir einen Fall im Fall zu lösen hatten und nicht umgekehrt. Wir mussten uns von innen nach außen durcharbeiten und wenn nötig mussten auch wir über Leichen gehen. Außerdem wussten wir noch immer nicht, wem wir vertrauen konnten, und wem nicht! Also beschlossen wir, vorerst nichts an das Labor oder einen anderen Kollegen weiter zu geben. Wir waren von nun an auf uns alleine gestellt und durften uns niemandem anvertrauen.

„**A**ufwachen!" brüllte Gary Liesi bereits aus der Ferne des Verlieses an. „STEH AUF!" schrie er sie an als sie auf seine erste Begrüßung keine Reaktion zeigte. „W … Was?" krächzte sie nur noch schwach aus dem Käfig in Garys Richtung, als er das Tablett mit dem Abendessen vor ihrem Gefängnis abstellte und sich auf den nahen Stuhl setzte. Liesi brachte keinen einzigen Ton mehr zwischen ihren Stimmbändern hervor. Die permanente Feuchtigkeit und die Kälte hatten ihr stark zugesetzt. Sie bibberte am ganzen Körper und ewige Schauer liefen ihr über den Rücken, als sie ihren Peiniger vor sich sitzen sah. Sie hatte ein wenig geschlafen und ihr Gehirn hatte ein wenig Zeit gehabt sich zu regenerieren. Ihre Augen blinzelten wild als sie ihren Blick in die scheinende Lampe richtete. Dennoch konnte sie erkennen, dass Gary sich verändert hatte.

Er machte nicht mehr den selbstsicheren Eindruck wie noch zu Mittag oder am Tag zuvor. Gary wirkte sichtlich nervös und starrte sie mit großen Augen an. Seine Gesichtsmuskeln hatten sich zu einer bösen Grimasse verändert und seine Augenbrauen senkten sich in der Mitte ziemlich stark ab.

„Dein Sohn ..." begann er sein Gespräch nach einer Weile und hatte sichtlich Mühe einen ruhigen Ton zu finden. „Dein Sohn ist ein Arschloch!" vollendete er seinen ersten Satz während Liesi ihr Glas Wasser in einem Zuge leerte. „Er wird noch draufgehen, wenn er so weiter macht. Dass du's gleich weißt: Geht er innerhalb der nächsten 24 Stunden drauf, haben ihn die eigenen Leute auf dem Gewissen!"

Liesi kümmerte sich nicht um die Worte, die Gary mit ihr seit ihrer Entführung wechselte. Sie schenkte dem ganzen keine Bedeutung aber was sie soeben gehört hatte ließ sie langsam vom Teller aufschauen. Sie wusste nicht, wie sie reagieren sollte: Sollte sie den Dreckskerl einfach hier und jetzt erschießen? Sollte sie lachen oder weinen? Sollte sie freudig oder traurig über Garys Reaktionen sein? Sie wusste es nicht und so sah sie wieder auf ihren Teller und biss in das Stück Brot, das sich auf dem Tablett neben dem leeren Glas Wasser befand.

Da von ihr keine weitere Tat folgte stand Gary von seinem Stuhl auf, drehte sich um und verließ schnellen Schrittes das Verlies. Liesis Gefängnis.

Ein leises Klopfen an die Terrassentür ließ Tom und mich aufschrecken. „Was war das?" flüsterte Tom mir zu während Matt noch im Traumlande zu sein schien. „Terrasse!" antwortete ich ihm. Wir näherten uns der Türe, im Schatten der Dunkelheit, mit gezogenen Waffen. Doch was wir da draußen im Regen stehen sahen ließ uns erschauern. David und Chris standen ebenfalls mit gezogenen Waffen im Regen. Sie wirkten nervös und angespannt. Ich öffnete die Verriegelung ganz langsam und leise, ohne dass sie etwas davon merkten. Ein kleiner Ruck und die Flügel der Terrassentüre flogen nach innen auf. „Los, rein!" brüllte ich sie hinter der Wand stehend an. „Waffen auf den Boden und Hände hinter den Kopf!", schrie Tom die beiden sichtlich irritierten Kollegen an. Sie machten keine Anstalten einer Gegenwehr und so legten wir ihnen erst einmal Handschellen an und schalteten das Licht ein.

Vor uns knieten unsere beiden Kollegen und ihr Anblick war alles andere als angenehm. Sie waren beide über und über voll mit Schmutz und Dreck und durch den Regen klitsch nass. Es machte den Anschein, dass sie die Flüchtigen und nicht die Jäger waren. Chris' Lippen bluteten und Davids Anzug war komplett zerschnitten. „Was … was geht hier vor?" unterbrach Matt unsere Durchsuchung der Beiden, als er erwachte und die Situation zu ordnen versuchte.

Chris und David starrten uns an und wussten nicht was sie sagen sollten. Ihre Gesichter lieferten ein wirres Spiel aus Verzweiflung, Angst und Verwirrung. Wir packten unsere Waffen wieder ins Halfter und setzten uns mit ihnen an einen Tisch. Matt musste im Umgang mit Alkohol wohl mehr Routine haben als wir, denn während ich mich mit Kopfschmerzen auf die Suche nach einer Aspirin für Tom und mich machte klärte Matt Chris und David über den aktuellen Stand der Ermittlungen auf. Natürlich auch darüber, dass die Handschellen nur eine Vorsichtsmaßnahme wären und wir niemanden mehr trauen könnten. Zu verworren und riskant war es für uns einem Kollegen oder einem anderen Glauben zu schenken. Während der ganzen Zeit saßen David und Chris mit Handschellen gefesselt an dem Schreibtisch, an welchem wir gestern Abend eingeschlafen waren. Sie machten keine Anstalten sich befreien zu wollen. Es machte fast den Eindruck als schienen sie, trotz der Handschellen, froh über ihre Lage zu sein. Sie hörten Matt gespannt zu und als er seine Ausführungen beendet hatte sprudelte es aus David nur noch so raus.

Er erzählte uns was sich während der letzten Stunden und vor allem seit meinem Befehl über die Nachforschungen geschehen war. Dass einer ihrer Informanten getötet wurde, dass sie mehr über das Projekt Gary wussten als ihnen lieb war und auch darüber, wie sie vor den Geheimdienstagenten flüchten und dabei ihren Wagen in der Nachbargemeinde stehen lassen mussten. Bei der Flucht durch den Wald hatten sie sich zwei Mal verlaufen, sich ihre Verletzungen und ihre zerrissenen Kleidungsstücke zugezogen aber dennoch die benötigten Unterlagen sicher zu uns gebracht. Ihre Handys hatten sie bereits kurz nach Mittag entsorgt, da sie durch die Handyortung zu einer leichten Beute geworden wären.

Nachdem wir ihnen wieder Vertrauen geschenkt hatten befreiten wir sie von den Handschellen und gaben ihnen ihre Dienstwaffen zurück. Auf Chris' Frage wo denn meine Freundin und mein Vater wären antwortete ich ihm, dass ich sie bereits gestern Vormittag in Sicherheit bringen ließ und zwei Polizisten zu ihrer Sicherheit abbestellt worden waren. Wir waren in meinem Elternhaus ganz alleine und in dem ganzen verdammten Fall auf uns gestellt.

IV

Draußen graute bereits der Morgen, als wir fünf uns noch immer durch die Akten und Berichte, Projekt Gary, wühlten. Gleichzeitig teilten Chris und David uns ihr Wissen mündlich mit und wir konnten uns eine Vorstellung davon machen, was es mit dem Fall Feuertaufe, der Entführung meiner Mutter und der Ermordung von Sam auf sich hatte.

Wie Chris und David uns mitteilten handelte es sich um ein Gemeinschaftsprojekt des amerikanischen und des österreichischen Geheimdienstes. Der Forschungsstandort Österreich wurde aus dem Grund der Neutralität gewählt. Niemand würde das kleine Land im Herzen Europas verdächtigen, ja nicht einmal auf die Idee kommen, dass Österreich etwas mit diesen bestialischen Experimenten an lebenden Menschen zu tun hätte. In den diversen Bundeshauptstätten der USA wurden Personen ausgewählt, die weder Arbeit, noch Heim oder Bekannte hatten. Es fiel niemanden auf, wenn sie nicht mehr da waren. Sie rekrutierten Obdachlose unter dem Vorwand, dass sie eine geregelte Arbeit und einen hohen Sold für ihre Dienste im Namen der Wissenschaften bekommen würden. Jeder von uns konnte sich vorstellen, dass sich diese armen Schlucker eine Hoffnung machten, ein wertvoller Teil der Gesellschaft zu werden und so stimmten sie auch freiwillig zu. Im Anschluss wurden sie von Amerika mit dem Flugzeug nach Österreich geschafft und in Labors eingesperrt. In diesen Laboratorien arbeiteten hochdekorierte amerikanische und österreichische Wissenschaftler Hand in Hand an der Erschaffung perfekt ausgebildeter Kampfmaschinen. Jeder dieser Kampfmaschinen erhielt als Abschluss ihrer Ausbildung den Namen Gary.

Aus den Unterlagen und den Erzählungen von Chris und David ging eindeutig hervor, dass Sam bei der Neugeburt der ersten beiden Exemplare seine Finger im Spiel hatte und sich im Anschluss von dem Projekt zu trennen versuchte. Er konnte es mit seinem Gewissen und seinen Moralvorstellungen nicht weiter vereinbaren. Den Volontären wurde eine Gehirnwäsche mit LSD und einigen anderen Opiaten unterzogen. Nach nur zwei Tagen war ihr Gehirn so leer, als ob sie Neugeborene gewesen wären. Sie wussten weder wer sie waren, wie ihre Namen lauteten, noch ihren derzeitigen Standort. Im Anschluss wurden ihre Gehirne mit Informationen über ihre Zielperson und über ihr Zielobjekt gefüttert. Sie wurden körperlich trainiert, als ob sie Hochleistungssportler wären. Ihnen wurde eine neue Identität verliehen und das Zentrum der Emotionen mit Gefühlen gefüttert. Dies alles geschah in weiteren vier Monaten. Damit sie unter den vielen Menschen auf der Welt nicht auffallen würden, verlieh man ihnen eine Persönlichkeit, und in geringem Maße Menschlichkeit in jedweder Form. Sie waren nun im Stande Schmerz von Freude, gleichwohl Trauer von Erleichterung und Recht von Unrecht zu unterscheiden. All dies geschah in nur acht Monaten irgendwo vor unseren Augen, hier in Österreich.

Chris hatte seine Beziehungen zum CIA seit seiner Ausbildung gepflegt und konnte in Erfahrung bringen, dass sich die ersten beiden Garys selbst richteten. Diese Garys lebten als normale Menschen unter den >>Normalos<<, gingen einer geregelten Arbeit nach und knüpften soziale Beziehungen aller Art. Nur durch ein bestimmtes Wort konnten diese Garys aktiviert werden. Sie waren perfekt ausgebildete Schläfer und warteten nur auf ihren Einsatz, ohne dass es ihnen bewusst war. Mit der Aktivierung schaltete ihr Gehirn um, und der Einsatzplan, der gespeicherte Terror, in ihren Hirnen wurde gestartet. Von nun an liefen ihre Gehirne nur noch nach einem bestimmten Schema ab, dass die Wissenschaftler als FP, final program, bezeichneten, da der aktivierte Gary zuerst das Ziel, seinen Auftrag, ausführte und sich anschließend mit seiner Waffe selbst aus dem irdischen Dasein beförderte. Die ersten beiden allerdings ließen ihr Ziel links liegen und richteten sich sofort nach der >> in Betriebnahme <<. Der dritte Gary aber gelang den Forschern so perfekt, dass sie ihn auf die Umwelt los ließen. Über viele Jahre fiel er nicht im Geringsten auf. Er heiratete, zeugte Kinder und ließ sich wieder scheiden. Dieser eine Gary, der dritte, hatte jedoch einen gravierenden Fehler: Während der Bespielung seiner >>Kommandozentrale<< unterlief vermutlich einem Wissenschaftler der Fehler, dass er dich als Zielperson, anstatt als Ansprechpartner des Geheimdienstes abspeicherte. Dies allein wäre aber nicht weiter schlimm gewesen. Sie erkannten die Fehlinformation rechtzeitig und gaben ihm ein Aktivierungswort, von dem sie sich sicher waren, dass es in einem normalen Leben niemals Verwendung finden würde: Feuertaufe!

Während der letzten Sätze, die Chris und David uns erzählten, stand ich von meinem Schreibtisch auf und ging zur Terrassentür. Da stand ich nun, hatte die Hände in den Hosentaschen verborgen und stierte aus der Glasscheibe in eine fremde unwirkliche Welt. Vögel begannen sich zu putzen und der Nebel kroch über die Felder direkt auf mich zu. „Einem dieser Irren ist also ein kleiner Fehler bei der Programmierung des Monsters unterlaufen?" – „Ja, so wurde es mir erklärt" beantwortete David meine Frage. „Wie viele Garys gibt es noch da draußen?" klinkte sich auch Tom in die Fragerunde ein. Chris und David sahen sich abwechselnd an. Schließlich zuckten beide mit den Schultern und erklärten mit leiser Stimme, dass sie es nicht wussten. Niemand außer den Direktoren der Geheimdienste und den Wissenschaftlern konnte genau sagen wie viele es geben würde.
Ich drehte mich wieder von der Terrassentüre weg und durchquerte das Büro mit langsamen Schritten. Am Schreibtisch angekommen setzte ich mich wieder in meinen Sessel und blickte einen nach dem anderen an. Ich sah sie einfach nur an, ohne auch nur ein Wort zu verlieren. Schließlich hatten wir, den vorliegenden Informationen zufolge, die Gewissheit, dass Gary es auf mich abgesehen hatte. Mein Leben sollte ausgelöscht werden!

Während dieser kurzen Zeit der Rundschau kam eine grausame Stimmung in mir auf. Diese Maschine von Mensch wurde aktiviert, obwohl es niemals geplant war? Warum? Wer außer den Spinnern in den Labors wusste wie es möglich war, dass Geheimprogramm zu starten? War alles nur ein Spiel, um zu testen, ob die Liga schlauer war als diese Kreatur? Weshalb wurde ich nicht über die drohende Gefahr in Kenntnis gesetzt? Was war sein nächster Schritt? Wann würde er mich aufsuchen, um mich zu töten?

All diese Fragen brannten unerbittlich in mir, wie ein Feuer in einem Haus. Wurden die Löschmaßnahmen nicht unverzüglich eingeleitet, war jede Hilfe umsonst und alles Hab und Gut würde einem Raub der Flammen zum Opfer fallen.

Bereits um 08.00 Uhr dieses gottlosen Tages hatte ich eine Dienstbesprechung mit allen Mitgliedern der Liga veranlasst. Als die wahrscheinlich leichteste Arbeit, dieser Besprechung, gestaltete sich die Bekanntgabe von Sams letztem Weg auf dieser Erde. Die Beerdigung wurde zur großen Überraschung aller, bereits für heute Nachmittag angesetzt.

Im ganzen Raum kehrte augenblicklich Ruhe ein, als Tom und Matt ihnen die letzten Ereignisse im Fall nahe legten. Die Kollegen, die mit der Tatortanalyse von Sams Hinrichtung beschäftigt waren, gaben einen kurzen Abriss über den Stand der Ermittlungen. Doch auch sie waren an einem Punkt angelangt, an dem es kein Weiterkommen gab. Die Spuren verliefen im Sand. Für sie gestaltete sich der Fall ebenfalls äußerst mysteriös, da sie keine Antworten aus den verschiedenen Büros des Geheimdienstes bekamen, noch nicht einmal von ihren ehemaligen Arbeitskollegen.

Ich musste mit Erstaunen feststellen, dass die Kollegen der Liga vor diesem Rätsel zu kapitulieren begannen. Keine Ergebnisse. Kein Weiterkommen. Keine Antworten auf unendlich viele Fragen.

In weiterer Folge bat ich Chris und David den anwesenden Kollegen alles über das Projekt Gary zu erzählen, was sie uns erzählt hatten. Sie schilderten ihnen die Ergebnisse ihrer Ermittlungen, vom Tod des Informanten, von der wilden Verfolgungsjagd und wie sie es geschafft hatten, sich Tom, Matt und mir zu nähern und ihre Akten und Berichte über all diese Zeit zu behalten. Manchen von ihnen blieb der Mund offen und wieder andere begannen auf ihren Stühlen nervös hin und her zu rutschen aber niemand wollte auch nur ein Wort versäumen.

Abschließend gewährte ich allen eine fünfminütige Bedenkzeit, ob sie noch immer am aktuellen Fall mitarbeiten und uns helfen wollten den Alptraum zu beenden. Es war vermutlich der schwerste Fall der Liga. Jeder meiner Kollegen musste sich sicher sein, dass er weitermachen wollte. Zweifel durften im Nachhinein nicht aufkommen. Die Entscheidung, die sie jetzt zu treffen hatten, musste endgültig sein und war unwiderrufbar. Alles oder nichts!
Zu meinem Erstaunen fiel ihnen die Entscheidung leichter als ich angenommen hatte. Einstimmig bekannten sie sich zum Fall, zur Liga und zu mir. Niemand wusste wie es ausgehen würde, gleichzeitig wollte hinterher keiner sagen müssen, dass er an der Aufklärung nicht beteiligt gewesen wäre.
Während der wenigen Stunden bis zur Beerdigung von Sam begannen die Mitglieder der Liga ihre Arbeiten ernster zu nehmen als jemals zuvor. Ihnen war bewusst, dass sie nur eine Chance hatten mir das Leben zu retten. Sie mussten von nun an gemeinsam an der Lösung arbeiten. Einzelgänge durfte es keine mehr geben. Nur wenn alle an einem Strang ziehen würden, würde es uns gelingen, wofür wir ausgebildet wurden. Eine künstlich erschaffene und eigens für diese Aufgabe konstruierte Killermaschine, Gary, zu schnappen.
Im ganzen Labor herrschte Anspannung und Hektik vor. Die Kollegen arbeiteten hochkonzentriert und wollten mit allen Mitteln an der Lösung des Falles aktiv mitarbeiten und doch

gab es vermutlich keinen einzigen, der sich nicht dachte, dass er das Zünglein an der Waage sein könnte. Jeder von ihnen wollte den entscheidenden Hinweis finden und für sich beanspruchen.
Ich hatte meine Mannschaft hinter mir. Ich konnte und wollte ihnen vertrauen. Die Reaktionen der einzelnen während der Berichte waren zu angespannt, als dass ich auch nur irgendeinen Zweifel in mir aufkommen ließ. Damit dieser Fall noch vor Ablauf der >>Galgenfrist<< geklärt und der Akt für immer geschlossen werden konnte musste ich ihnen einfach Vertrauen schenken.

Leichter Nieselregen hatte eingesetzt, als Tom, Matt und ich uns zur Beerdigung von Sam vor der Aufbahrungshalle eingefunden hatten. Wir trugen dem Anlass entsprechend schwarze Anzüge unter unserem Trenchcoat, der die Farbe der Nacht widerspiegelte.
Als sich der Trauerzug von der Aufbahrungshalle in Richtung Sams letzter Ruhestätte in Bewegung setzte bildeten Ministranten, mit dem Kreuz in ihren Händen, die Speerspitze eines langsam marschierenden Trosses, der durch den Takt der Polizeimusikkapelle in Schwingungen versetzt wurde. Dicht dahinter befanden sich die engsten Angehörigen, allen voran seine Frau, Martha, und seine beiden Söhne. Dahinter schritt der Pfarrer, samt seinem Gefolge, ehrfürchtig in mitten der großen Menge. Der Sarg befand sich bei diesem letzten Weg auf Erden auf einem Rollwagen, der von hochrangigen Polizei- und Bundesheeroffizieren, gekleidet in ihren schönsten Uniformen, flankiert wurde. Die Träger des Windlichtes wiederum flankierten die Sargträger und bestanden aus jenen Männern, über die er zu Lebzeiten befehligt hatte. Angehörige der Liga. Seiner Liga. Den Abschluss des Trauermarsches bildeten Politiker, Polizisten und Bundesheersoldaten, Freunde, Bekannte und viele weitere Personen, die er kannte, oder die ihn gekannt hatten.

Am Grabe angelangt bildeten alle Anwesenden einen Kreis rund um Sams ausgehobenen letzten Ort der Ruhe. Die versammelte Menschenmenge war so groß, dass nicht alle einen Platz innerhalb der Friedhofsmauern fanden und sich somit auch außerhalb um die Eingänge scharten.

Da ich mich im Namen aller Kollegen von Sam verabschieden wollte, hatte ich mir einen Stehplatz unweit der trauergeschockten Witwe und ihren Söhnen gesichert. Es war schon erstaunlich, wie schnell eine so große Menschenmasse zusammengetrommelt werden konnte, wenn man bedenkt, dass zwischen Sams Hinrichtung und der Beerdigung nur eine Nacht dazwischen lag.

Die Möglichkeit, dass sich seine Mörder unter den Trauergästen eingefunden hatten war allgegenwärtig und unseren Statistiken zufolge sehr hoch. Aus diesem Grunde hatten Tom, Matt, David und Chris die schwere Aufgabe sich außerhalb des eigentlichen Geschehens zu postieren und jede Anomalie in ihren Notizblöcken fest zu halten.

Trotz unseres Schmerzes über den Verlust unseres besten Freundes, unseres Mentors und Chefs, durften wir nicht unsere Aufgabe vernachlässigen. Es war keine leichte Situation, in der wir uns jetzt befanden, aber immerhin galt es auch diesen Fall zu lösen und unser persönliches Befinden musste in die zweite Reihe rücken. Dennoch musste ich immer wieder an meine entführte Mutter denken. Ging es ihr gut? Lebte sie noch? Oder musste ich in wenigen Tagen ein zweites Mal diesen Gang zur letzten Ruhestätte antreten? Trauer und Wut, Angst und Hilflosigkeit beherrschten in diesen Minuten mein Gefühlsleben. Ich konnte oder vielleicht wollte ich auch nicht verstehen, was hier und jetzt vor sich ging.

Die Szenerie, welche sich an diesem Tag, an diesem Ort der Erde zeigte, wirkte unrealistisch und nicht von dieser Welt. Der leichte Nieselregen ist einem gemütlichen Landregen gewichen. Grau in Grau, düster und zermürbend war der Himmel, wie auch das Bild, das sich auf der Erde zeigte. Regen perlte von den Hüten und Kappen ab. Jenen, die keine Kopfbedeckung trugen liefen die Tropfen des Regens von den Haaren quer übers Gesicht bis zum Anfang der Mäntel und Jacken. Alleine durch diesen Anblick vermochte niemand zu sagen, wer Tränen vergoss und wer nicht.

Die Träger postierten sich mit Sams weltlichen Überresten über dem Loch, in das der Sarg langsam hinuntergelassen werden sollte. Drei Offiziere begannen das über dem Sarg ausgebreitete rot-weiß-rote Totentuch mit dem Bundesadler in der Mitte sorgfältig und ehrfürchtig in ein gleichförmiges Dreieck zu falten, während die Bläser ihren Teil zur Bestattung beitrugen. Anschließend wurde Martha das Tuch überreicht und sieben seiner ehemaligen Offizierskollegen der Polizei erwiesen ihm und seinen Hinterbliebenen mit jeweils drei Salutschüssen die letzte Ehre.

Die Beerdigung ging nun zum letzten Akt über. Jeder der es für richtig hielt konnte an das Grab treten, einige letzte Worte sprechen oder beten und sein Mitgefühl gegenüber den Zurückgelassenen bekunden. Weiße Lilien, als Symbol der Reinheit, standen am Rande des Abgrundes, ebenso wie eine kleine Schaufel und Erde, um von den Trauernden und Abschiednehmenden hinterher geworfen zu werden. Die Erde steht für die Neugeburt der Seele, gemäß den Worten >>Asche zu Asche und Erde zu Erde<<.

Genauso tat ich es auch. Ich warf eine Lilie in das Grab und noch bevor die wenige Erde den Sarg erreicht hatte, um einen dumpfen Ton verkünden zu können, gab ich Sam flüsternd ein Versprechen. „Im Angesicht deines Grabes schwöre ich dir alles nur Menschenmögliche zu unternehmen, deine Mörder aufzuspüren und ihnen die, für sie, Gott gerechte Strafe zukommen zu lassen!" Ich wischte mir die aufsteigende Tränen aus den Augen, drehte mich zu Martha, seiner Witwe, um und bekräftigte den Schwur selbstsicher, mit fester Stimme und versteinerter Miene.

Ich befahl Tom, Matt, Chris und David, dass sie bis zum Schluss auf ihren Posten bleiben sollten und vereinbarte mit ihnen unseren nächsten Treffpunkt in meinem Büro, um mit ihnen die notierten Ereignisse und die weiteren Schritte besprechen zu können. Gerade als ich das westliche Ausgangstor des Friedhofes erreicht hatte traten zwei in schwarz gekleidete Herren an meine Seite und wiesen sich als Agenten des österreichischen Geheimdienstes aus. Sie sprachen mit mir das nötigste und verrieten mir nur, dass ich mit ihnen mitkommen sollte. Auf mich warteten zwei hohe Beamte, die mich zu sprechen wünschten.

Das Gefühl der Hilflosigkeit und des Schwindels war wieder da. Der Magen verkrampfte sich und spielte Karussell. Die Herzfrequenz verdoppelte sich von der einen auf die andere Sekunde und meine rechte Halsschlagader ragte hervor. Das Schlucken wurde mit jedem Schritt, den ich tat, schwerer, gerade so, als ob mir der Hals zugeschnürt wurde. Nervosität und Unsicherheit breitete sich in meinem Körper aus, als ob sie ihn gepachtet hätten. Die Hirnwindungen arbeiteten auf Hochtouren und warfen Fragen über Fragen auf. War das mein Ende? Sollte ich der nächste sein, der in die Kiste springen würde? Was würde als nächstes geschehen? Warum folgte ich ihnen, ohne auch nur ein Wort zu sagen? Warum überrumpelte ich sie nicht und floh? Sollte es hier und jetzt geschehen?

Ich wusste es nicht, und so folgte ich ihnen sprachlos bis zu einem Fahrzeug, das ich seit meiner Ausbildung in Wien nicht mehr gesehen hatte. Es war das Dienstfahrzeug des Direktors. Unseres Chefs. Dem Direktor des österreichischen Geheimdienstes. Der Wagen war ein großer VW Bus, der zu einem luxuriösen Büro umgebaut worden war. Im hinteren Teil des Vehikels fanden sich je zwei gegenüberliegende, großzügig gestaltete Sitze, die in einem Wohnzimmer leicht ihren Platz finden könnten. Zwischen den Sitzen befand sich ein aus Mahagoni gefertigter Tisch, der als Abstellfläche für Drinks aus der Minibar diente. Genau wie die sonstige Flotte, war auch dieses Fahrzeug in schwarz gehalten und die Scheiben dunkel getönt. Vor und hinter dem Bus befand sich jeweils eine schwarze Limousine, die je zwei Agenten, zum Schutze des Direktors, in sich bargen.

Unsicher was mich erwarten würde atmete ich noch mal tief ein, ehe mir die Türe geöffnet wurde und ich in die Augen meines obersten Chefs blickte. Neben ihm saß noch ein weiterer Mann in einem dunklen Anzug, mittleren Alters, mit bereits graumeliertem Haar und einer Brille auf der Nase. Ich kannte diesen Mann aus den Nachrichten. Es war kein geringerer als der Direktor der CIA. Edward O'Malley.

Mit einem kurzen und knappen „Guten Tag, die Herren!" setzte ich mich auf den freien Platz gegenüber den beiden wahrscheinlich wichtigsten Männern zwischen hier und Moskau. Die Schwingtüre wurde geschlossen und der aus drei Fahrzeugen bestehende Konvoi setzte sich in Bewegung.

Manfred Harrer, mein Chef, stellte ein leeres Trinkglas auf den Tisch und schenkte mir Scotch ein. „Trinken Sie einen Schluck! Was wir zu besprechen haben bedarf ruhiger Nerven.", begann er sein Gespräch und ließ einige Eiswürfel hinterher fallen. „Sir, ich trinke nie, wenn ich im Dienst bin!" entgegnete ich ihm freundlich aber bestimmt und vernahm im Augenwinkel, wie sich der Direktor des CIA nachschenkte. „Sebastian, die Lage ist ernster als wir zuerst vermutet hatten. ... Sie haben sich und ihre Männer unabsichtlich oder nicht, in Gefahr gebracht! ..." Was hörte ich da? Ich habe mich und meine Kollegen in Gefahr gebracht? Das konnte doch nur ein übler Scherz sein! Dieser Spinner von Gary trachtet nach meinem Leben und ich soll daran schuld sein? Wut stieg in mir auf und verbreitete ein angenehmes adrenalingesteuertes Gefühl. Es war soweit. Ich konnte mich nicht mehr zurückhalten und setzte meine Anklageschrift fort. „Direktor! Was soll das alles? Diese von ihnen beiden geschaffene Killermaschine, namens Gary, hat es auf mein Leben abgesehen. Meine Mutter wurde entführt. Häuser brennen aus dem Grund, da ich in irgendeiner Weise mit den Besitzern in Verbindung stehe. Einer meiner Freunde wurde bei einem Verkehrsunfall verletzt. Und ich soll daran schuld sein?" Gerade als ich am Höhepunkt meiner Ausführungen angelangt war unterbrach mich mein Chef ziemlich forsch und begann nach wenigen Sekunden des gegenseitigen Anschweigens das Wort zu ergreifen. Während all dieser Zeit stierte der Direktor des CIA sprachlos aus dem Fenster, nippte an seinem Scotch und betrachtete die Landschaft, samt der vielen Menschen, die gerade von der Trauerfeier nach Hause gingen. „Die Lage hat sich verändert. Es gibt keine offizielle Ermittlung in diesem Fall ... Es gibt keinen Fall >> Feuertaufe << und auch kein Projekt Gary! ... Haben Sie mich verstanden? ..."

Eigentlich hatte ich kein Wort von dem, was er von sich gegeben hatte verstanden, dennoch harrte ich schweigend aus und entgegen meiner Prinzipien nahm ich einen kleinen Schluck des Scotchs. Die gesamte Besprechung dauerte nicht länger als 30 Minuten und den größten Teil, den ich zu hören bekam kannte ich bereits. Sie klärten mich nochmals über das Projekt Gary auf und wie die Zusammenhänge zu sehen seien. „Direktor! Erzählen Sie mir etwas, was ich noch nicht weiß!" unterbrach ich fordernd seine Ausführungen und konnte eine leichte Unsicherheit in seinen Augen erkennen. Die beiden hatten nicht damit gerechnet, dass ich diese Fakten bereits bekommen und verinnerlicht hatte.

Einige Sekunden des Schweigens verstrichen und die beiden Direktoren tauschten verlegene Blicke aus, ehe der Direktor des CIA mir tief in die Augen sah und aktiv an der Besprechung teilzunehmen begann. „Das wollten wir von Ihnen hören! ..." Ich spürte wie meine Augen größer und größer wurden, Wut und Zorn in mir aufstieg und das Gehirn Adrenalin freisetzte. Ich nahm noch einen Schluck Scotch zu mir und wartete gespannt darauf, was noch auf mich zukommen würde.

Der weitere Verlauf des Gespräches verlief sehr ruhig. Ich saß in meinem Sessel und nippte gelegentlich an meinem Glas. Was ich zu hören bekam überstieg meine Erwartungen bei weitem. Die beiden erklärten mir, dass sie sich nicht sicher gewesen wären ob ich und die Liga das richtige Organ für die Ermittlungen wären. Doch durch diese Bemerkung und den sicheren Willen, den ich gegenüber ihnen zeigte, bekannten sie sich zur Liga und erteilten mir freie Handhabung in dem Fall. Als der Wagen zum Stillstand kam, sah ich zum ersten Mal seit unserer Abfahrt wieder aus dem Fenster und musste feststellen, dass ich zuhause war. Die große Schwingtüre flog auf und als ich den Wagen verließ, musste ich ihnen noch eine Frage stellen: „Direktor, warum verfolgen uns ihre Männer und jagen meine Kollegen?"

In meinem Büro im Hause meiner Eltern warteten bereits Tom, Matt, David und Chris ungeduldig auf mich. „Wo warst du solange?" fragte mich Tom als ich zur Türe hereinkam. Wir setzten uns an meinen Schreibtisch und ich begann ihnen die eben erlebten Geschehnisse mitzuteilen. Gespannt, was als nächstes kommen würde lauschten sie meinen Ausführungen und blickten ungläubig auf meine Lippen. Ich erzählte ihnen von dem Treffen und was ich in Erfahrung bringen konnte. Ich berichtete ihnen von den toten Wissenschaftlern, die es in den letzten Wochen gegeben hatte. Dass Menschen starben war nicht ungewöhnlich, jedoch die Tatsache, dass alle etwas mit dem Projekt Gary zu tun hatten barg ein größeres Rätsel in sich als wir zuerst vermuteten. Die Direktoren versicherten mir, dass das Projekt Gary vor einigen Jahren ausser Kraft gesetzt wurde und seither keiner der Forscher mehr mit einem ähnlichen Fall betraut worden war. Sie kehrten wieder in ihre üblichen Jobs zurück und lebten ihr Leben so normal es ging weiter. Es gab keine Auffälligkeiten, dass sich zwei oder mehr wieder zusammenschlossen um eine weitere Kreatur zu erschaffen. Einzig und allein Dr. Scott Brennan konnte die Auflösung des Projektes nicht verkraften. Er war ursprünglich der Leiter des Laboratoriums und kämpfte mit allen Mitteln an der erneuten Erforschung am lebenden Menschen. Als seine vielen Anträge

nicht positiv beantwortet wurden, ging er in die Staaten zurück und kehrte der CIA den Rücken. Seitdem war er wie vom Erdboden verschwunden. Niemand kümmerte sich um ihn, bis der dritte Wissenschaftler auf tragische Weise ums Leben kam. Ihm wurde, wie auch Sam eine Kugel in den Schädel gejagt. Nach diesen Erläuterungen blickte ich in die Runde und sah große Augen, starre Mienen und Entsetzen in den Gesichtern meiner Kollegen und Freunde. Niemand wollte es wahrhaben, aber wir hatten den ersten Ansatz den Fall zu lösen. Die erste Spur war zum Greifen nahe und wartete nur noch darauf gelesen und interpretiert zu werden. In den weiteren Minuten wiederholte ich die Einzelheiten meiner Besprechung und verkündete stolz und ohne einen Hehl daraus zu machen, dass wir von nun an das Vertrauen der Direktoren genossen. Jedoch gab es dabei einen Haken: „Wie ihr wisst, ist das einer der größten und schwersten Fälle der Liga. ... Ich musste sie erst davon überzeugen, dass wir den Auftrag erfolgreich ausführen werden. ..." Sie starrten mich noch immer an, als ob ein Geist vor ihnen stehen würde. Ihre Ohren hingen förmlich an meinen Lippen und so fuhr ich mit meinen Ausführungen fort. „Aus offizieller Sicht gibt es KEIN >>Projekt Gary<<! ... KEINEN Fall >> Feuertaufe << ..., und die Liga ist auch nicht in den Dienst gestellt! ..."
Ich hatte ihnen die gegenwärtige Situation erklärt und wartete gespannt auf erste Reaktionen. Gleichzeitig bat ich meine Freunde um ihre Meinung und ihre Einschätzung der Lage. Danach atmete ich tief durch und faltete meine Hände vor meinem Gesicht. Wir hatten keinen Fall! Es gab kein Projekt Gary! Es gab keinen Gary! Dennoch hatten wir endlich den entscheidenden Hinweis. Die Spur, nach der wir solange gesucht hatten. Wir konnten endlich unsere Arbeiten beginnen.

Der Abend hatte bereits begonnen als ich alle Mitglieder der Liga zu einer Besprechung in den Sitzungssaal beorderte. Nur widerwillig nahmen sie in dem Raum auf ihren Stühlen platz.

Sie waren von den vielen Analysen, Nachforschungen, Berechnungen und dem Drumherum müde. Die vielen Sackgassen und die unzähligen offenen Fragen zermürbten sie. Jeder von ihnen wollte nur noch seine gegenwärtige Arbeit abschließen und anschließend Feierabend machen. Die Erschöpfung, der Hunger und die Belastung standen ihnen ins Gesicht geschrieben. Sie wussten nicht was ich von ihnen wollte und was sich in den letzten Stunden ereignet hatte. Noch nicht.

Nach einer kurzen Einführung erteilte ich Tom und Matt das Wort. Sie wussten wie man eine Mannschaft motivierte und ihnen die letzten Geschehnisse näher bringt, ohne auch nur einen Anflug von Nervosität oder Unruhe zu verbreiten. Mit den ersten Worten kehrte auch deutlich Ruhe im Saal ein. Ich verfolgte im Hintergrund stehend was sich in diesen wenigen Minuten abspielte. Viele unserer Kollegen waren nach diesen Nachrichten in freudige Erwartung verfallen. Sie konnten sich auf einen einzigen Typen konzentrieren, der der Schlüssel zum Erfolg darstellte. Es schien fast so, als wich die innere Anspannung einem enthusiastischen Gemütszustand.

Als Tom und Matt mit ihrem Bericht fertig waren ergriff ich erneut das Wort und führte allen den gesamten Fall noch einmal vor Augen. „Kollegen. Es gibt weder einen Fall, noch ein Projekt Gary! ... Offiziell gibt es ja nicht einmal uns! ..." Nach diesen für mich fast unaussprechlichen Floskeln blickte ich in die Runde und sah leuchtende Augen, Mundwinkel die wieder nach oben zeigten und erleichterte Körper, die auf ihren Stühlen hin und her rutschten, vergleichbar einem Stier, der vor dem finalen Angriff sein Haupt senkt und mit den Hufen in der Erde scharrt. „Wir haben eine Spur! Es gibt uns! Und ob sie es glauben oder nicht, die Liga gibt es doch! ..." Abschließend beauftragte ich Chris und David mit den Nachforschungen über diesen skurrilen Dr. Scott Brennan, sie sollten ihre Kontakte bei der CIA und dem FBI ausspielen. Die Informatiker und Mathematiker mussten alles nur Erdenkliche über diesen Kerl aus dem Internet herausfinden und der Rest der Mannschaft sollte alle Spuren mit den Datenbanken des CIA abgleichen. Zwar galt es keine Zeit zu verlieren, dennoch entschied ich mich dazu, den Kollegen der Liga den Rest des Tages frei zu geben. Manchmal reicht schon ein klein wenig Entscheidungsfreiheit die Mannschaft zu motivieren und all ihre Ressourcen zu mobilisieren. Keiner von ihnen dachte auch nur im Entferntesten daran jetzt schon Feierabend zu machen.

Gary näherte sich langsam aber selbstsicher der Eingangstür. Er wusste was ihn erwarten würde. Er wusste, dass zwei Polizisten im Inneren des Hauses postiert waren. Beide hatten Familie. Frau und Kinder die sie liebten und die diese beiden liebten. Sie wohnten in unterschiedlichen Gemeinden, hatten aber bereits ein Häuschen, das sie ihr Eigen nennen konnten. Er wusste, dass er nicht viel Zeit haben würde und vielleicht würde es auch nicht funktionieren aber er musste es riskieren. Jetzt war die Chance zum Greifen nahe, seinen nächsten Schritt in die Tat um zusetzen. Er spürte keinen Anflug von Nervosität. Keine Angst. Einzig und alleine ein freudiges Kribbeln unter seiner Haut, was er in dem Haus zu finden glaubte,
Nach zweimaligem Klingeln wurde ihm die Türe von dem Jüngeren geöffnet. Er stellte sich als Kontrolleur der Stromgesellschaft vor und durchschritt die Haustüre. Am Zählerkasten angekommen öffnete er seinen Werkzeugkasten und zog einen schwarzen länglich wirkenden Gegenstand hervor. Im gleichen Atemzug drückte er ab und ein Schuss löste sich. Durch den leblos zu Boden sinkenden Körper des Polizisten wurde der zweite alarmiert. Noch bevor er nach seiner Dienstwaffe greifen konnte wurde es schwarz vor seinen Augen und er glitt der Wand entlang auf die Fliesen des Ganges. Mit den Worten: „Schade um die beiden!" steckte Gary seine Waffe wieder in den Werkzeugkasten, setzte ein liebloses Grinsen auf, durchquerte den Gang und betrat das Büro von Sebastian. Er hatte es geschafft. Er war im Büro angelangt.

Schnell näherte er sich dem Schreibtisch auf dem Zettel über Zettel, Berichte neben Berichten und Ergebnisse neben Fragen, lagen. „Weit seid ihr noch nicht gekommen.", murmelte er schadenfroh während er jedes Blatt umdrehte und durchsah. Die Informationen die er in Erfahrung bringen konnte, gaben ihm Aufschluss über die derzeitigen Ermittlungen, jedoch nicht über Tinas Versteck. Das Grinsen in seinem Gesicht wich einer teuflisch wirkenden Fratze. Seine Augen wurden schmal und lang. Die Augenbrauen senkten sich in der Mitte des Gesichtes und vor Wut biss er seine Zähne so fest zusammen, dass er seine Wangenmuskeln spüren konnte. „WO IST SIE!", durchbrach er mit seiner kräftigen Stimme die Stille im Haus.

Tom und ich hatten den Sitzungssaal noch nicht vollständig verlassen als Matt mir eine Frage stellte, die er für sich nicht beantworten konnte. „Sebastian. Wenn ich den Druck auf dich noch erhöhen möchte, … wie könnte ich das schaffen?" Zuerst verstand ich nicht was er von mir hören wollte. Aber nach einer kurzen Einweisung in seinen Gedankengang war es mir ebenfalls klar. Wir mussten ihm einen Schritt zuvor kommen. Wir mussten wie er zu denken beginnen. Seine Gedanken mussten WIR bereits ausgeführt haben. Nur so konnten wir ihn aus dem Verkehr ziehen. Ich musste wirklich angestrengt überlegen. Er hatte meine Mutter. Häuser niedergebrannt. Getötet. Freunde verletzt und mir gedroht. „Tina … meine Freundin" schoss es mir durch Mark und Bein. „Wo, ist sie?" wollte Matt wissen, doch bevor ich etwas sagen konnte ergriff Tom das Wort. „Sebastian, ich wollte dir eine Freude machen. Ich wusste nicht worauf er es anlegt." – „Wo, sind sie?" brüllte ich ihn wütend an. „Sie hat mich heute Nachmittag während der Bestattung angerufen, da sie dich nicht erreichen konnte und … " – „Was und?" – „Sie wollten wieder zu dir nach Hause." Wut und Zorn stiegen in mir auf. Ich musste mich wirklich beherrschen um ihm nicht an die Kehle zu springen.

„Tom! Ich frage nur noch einmal: WO sind SIE!" – „In eurem Haus ... aber zwei Polizisten sind bei ihnen."

„Verdammt, Tom!" fuhr Matt ihn an aber für Schuldzuweisungen war es bereits zu spät. Wir mussten so schnell wie möglich zu mir nach Hause. Ich musste mit eigenen Augen sehen, dass es ihnen gut ging. Dass Tina und mein Vater unverletzt waren.

Wir näherten uns mit gezogenen Waffen der Eingangstüre. Kein Laut war zu vernehmen. Weder im Haus noch hier draußen. Die Nervosität war einem Gefühl der Angst und Hilflosigkeit gewichen. Wir wussten nicht was uns erwarten würde. Gab es erneut Tote? Verletzte? Wo waren mein Vater und Tina? Was war geschehen?

Mit einem leichten Ruck schwang die Haustüre nach innen auf. Es war stockfinster im Vorraum. Nur das Licht unserer Taschenlampen erhellte punktuell Stellen im Eingangsbereich. Die Glock im Anschlag und pulsierendes Blut in den Venen, das zu gefrieren drohte, je weiter wir uns durch den schmalen Gang des Hauses ins Innere vor arbeiteten, waren unsere einzigen Waffen.

Nur unweit des Stiegenaufganges fanden wir einen Polizisten am Boden liegend und stark blutend vor. Da ich der erste Mann war ging ich weiter und Matt, der der zweite war kniete sich neben ihn und versuchte seine Halsschlagader zu ertasten. „Er lebt noch" flüsterte er uns zu und wir drangen langsam und vorsichtig weiter ins Innere vor, als mir eine Blutspur auf den Fliesen auffiel. Sie führte vom Gang in die Küche. Mein Herz schlug schneller und schneller. Wessen Blut war das? Tinas? Papas? Wir wussten es nicht und so arbeiteten wir uns entlang der roten Spur, stetig nach vorne. Am anderen Ende des Büros, meines Büros, fanden wir den zweiten Polizisten. Er war ebenfalls schwerstverletzt, hatte aber noch so viel Kraft, sich vom Gang in das Büro zu schleppen, ehe er mit seiner Waffe in den Händen zusammenbrach.

Ich gab Matt und Tom ein Zeichen, dass sie sich den oberen Stock vornehmen sollten und kniete mich neben den Kollegen in meinem Büro. Er blutete stark aus der rechten Schulter und atmete nur noch schwer. „Was ist geschehen?" fragte ich ihn, doch noch ehe er mir antworten konnte hörte ich ein leises Wimmern irgendwo ganz in der Nähe. Ich holte meine Waffe aus dem Halfter und bewegte mich so lautlos ich nur konnte in die Richtung, aus der die Laute kamen. Ich hielt nur wenige Sekunden inne, ehe ich die kleine Holztüre öffnete. Sie war maximal einen Meter hoch und verbarg den freien Raum unterhalb der Stiege in sich. Was ich zu sehen bekam war überwältigend. Da saßen sie. Tina und mein Vater.

Sie waren von den Kollegen, als es an der Haustüre geläutet hatte in dieser Abstellkammer versteckt worden und durften keinen Laut von sich geben. Durch einen kleinen Schlitz in der Holztüre mussten sie mit ansehen, wie zuerst der eine und dann der andere Polizist von diesem Mistkerl angeschossen wurden. Sie blieben bis zu unserem Eintreffen dort versteckt und wagten sich nicht heraus. Während mein Vater mit einem schweren Schock in das Krankenhaus Feldbach eingeliefert wurde, wollte Tina nicht von meiner Seite weichen.
Wie tapfer sie doch war. Wie unendlich stark sie mir in diesen Minuten erschien, obwohl sie am ganzen Körper zitterte und bibberte konnte sie sich nicht von mir trennen. „Du musst diesen Typen schnappen!" flüsterte sie mir ins Ohr während ihr vor Freude Tränen über ihr Gesicht liefen und die Anspannung der vergangenen Stunden von ihren Schultern fiel. Sie war endlich erlöst.
Erschöpft ließen wir uns am späten Abend auf die Couch in meinem Büro fallen. Diesmal war es Tina, die eine Flasche Rotwein und zwei Weingläser aus der Küche holte und vor uns auf den Tisch stellte. Die Anspannung war endlich weg. Die Spurensicherung hatte ihren Job erledigt und die Putzkolonne keinen Blutstropfen übersehen. Zurück blieben ein müder Geist

und ein geschundener Körper. Während ich die Flasche öffnete und uns einschenkte fühlte ich mich seit langem wieder sicher und ausgeglichen. Tom und Matt waren im Haus und blieben bis zum nächsten Morgen. Meinem Vater ging es laut ärztlichen Auskünften wieder besser und er wurde von zwei Polizisten bewacht. Die beiden schwerverletzten Kollegen mussten zwar operiert werden, doch laut den behandelten Ärzten hatten die Beiden das Glück auf ihrer Seite. Sie würden es schaffen. Das Gröbste hatten sie bereits hinter sich.

Tina tat es sichtlich gut, sich mit mir aussprechen zu können. Sie schilderte mir jedes kleinste Detail. Vom Aufenthalt im Versteck. Von den beiden freundlichen Polizisten. Und vom Klingeln an der Haustüre bis hin zum Öffnen der Holztüre, des Abstellraumes, unterhalb der Stiege. Ich drückte ihre Hand zärtlich aber dennoch fest genug um ihr die Sicherheit zu geben, die sie in diesem Moment brauchte. Ich sah ihr tief in die Augen und ein liebevolles Lächeln breitete sich über ihr Gesicht aus. Obwohl ich fühlte, dass das Schwerste in diesem Fall noch vor mir stehen würde, war ich in diesem Moment überglücklich.

Das Gefühl der Geborgenheit, zu wissen wo man hingehört, dass jemand auf einen wartete und sich Sorgen machte, war durch nichts auf dieser Welt zu ersetzen. Ich wusste von jetzt an, dass ich zu Tina und sie zu mir gehörte. So wie sie sich um mich sorgte, hatte auch ich Angst um sie.

Der Himmel begann sich bereits aus der Dunkelheit in die Tageshelle zu verwandeln, als ich erwachte. Die Finsternis der Nacht ist einer grau erstrahlenden Landschaft gewichen. Tinas rechte Hand lag auf meiner Brust, während sich ihr Kopf auf meiner Schulter befand. Nur langsam kehrten die Bilder des letzten Tages wieder zurück. Vorsichtig befreite ich mich aus ihrer Umklammerung und setzte mich auf. Ich rieb mir den Schlaf aus den Augen und suchte nach meiner Dienstwaffe, während Tina sich umdrehte und weiterschlief.

Durch die leicht offen stehende Türe sah ich einen Lichtschein aus dem nebenan liegenden Raum in mein Büro leuchten. Leise streifte ich mir mein Jacket über und betrat den wichtigsten Ort jeden Hauses, die Küche. „Morgen, Matt" begrüßte ich ihn mit unausgeschlafener Stimme und leichten Kopfschmerzen. Der Wein vom Vortag hatte seine Spuren hinterlassen. „Wie spät ist es?" fragte ich Matt gähnend, während ich mich an den Küchentisch setzte und meinen Kopf in Richtung Uhr wendete. „Sebastian, was machst du schon auf? Es ist erst kurz nach 06.00 Uhr morgens." – „Ich konnte nicht mehr schlafen" entgegnete ich seiner Frage und fuhr mir mit den Fingerkuppen über Augen und Gesicht. Während Matt mir ein Glas Wasser, eine Aspirin Tablette und einen Kaffee auf den Tisch stellte ging ich ins Bad und wusch mir das Gesicht mit kaltem Wasser. Im Spiegel erkannte ich das blanke Entsetzen. Mein Spiegelbild, oder was ich davon jedenfalls noch erkennen konnte.

Auf dem Rückweg in die Küche traf ich Tom, der gerade aus der Toilette kam und bat ihn mir die Zeitung zu holen, was er im Angesicht meines Antlitzes auch gerne tat. Anschließend versammelten wir uns um den Küchentisch und begannen, jeder für sich schweigend sein Frühstück einzunehmen.

Langsam aber stetig kehrten die Lebensgeister wieder in mir zurück und der Wirkstoff des Aspirins tat ihr übriges um mein Wohlbefinden zu steigern, als es an der Haustüre läutete. Entsetzt blickten Tom und ich uns in die Richtung der Türe um, und griffen bereits nach unseren Waffen, Matt hingegen betrachtete das Spektakel freudig erregt und konnte sich ein kleines Lächeln nicht verkneifen. „Lasst stecken. Es sind die Kollegen, die auf Tina aufpassen werden. Ich habe sie bereits vor eurem Erwachen informiert und hierher bestellt." – „Sehr lustig!" kommentierte Tom Matts Worte und wandte sich wieder dem Sportteil der Tageszeitung zu.

Nach der obligatorischen Begrüßung setzten sich auch die Polizisten an den Tisch und versüßten ihren Kaffee mit Zucker. Die Beiden sahen alles andere als glücklich über ihre Aufgabe aus. Sie wirkten bereits jetzt nervös und unsicher. Ich hatte fast schon den Eindruck als ob sie sich fürchteten auf Tina aufpassen zu müssen.

Nach einem kurzen Wortwechsel erzählten sie uns, dass sie die beiden kürzeren Streichhölzer gezogen hatten und somit hier ihren Dienst verrichten mussten. Alle Kollegen der Polizeiinspektion hätten sich geweigert Tinas Leibgarde zu spielen, da die Bilder des Vortages noch in allen Köpfen herumschwirrten. Niemand wollte sprichwörtlich ins offene Messer laufen und sterben. Während dieser ermutigenden einführenden Sätze zogen sich ungläubig meine Augenbrauen nach oben. Ich konnte es nicht begreifen, was sie da von sich gaben. Sie waren Polizisten. Ihre Aufgabe bestand tagtäglich die Zivilbevölkerung zu schützen und jetzt hatten sie Angst? „Na ja, jetzt weiß ich auch warum ich der Liga angehöre und nicht der breiten Masse der Polizisten" seufzte ich kurz auf. Andererseits konnte ich ihre Nervosität sehr gut nachvollziehen. Wer sich in meine Nähe begibt musste damit rechnen, dass es gefährlich werden könnte. Nicht zuletzt, da die beiden Kollegen vom Vortag nur um eine Haaresbreite, die Erfüllung ihrer Aufgabe, nicht mit ihrem Leben bezahlt hatten.

Zusammen mit meinen beiden Freunden beschloss ich, dass Tina und die uniformierten Kollegen mit uns in unser Labor kommen sollten und sie dort für den heutigen Tag bleiben durften. Es erschien uns das sicherste für alle Beteiligten zu sein und vermittelte mir ein Gefühl der Sicherheit. Zurück am Küchentisch unterbreiteten wir ihnen unseren Vorschlag und warteten auf ihre Reaktionen.

Ihre Stimmung verbesserte sich von der einen auf die andere Sekunde schlagartig. Trauer und Furcht wichen einem freundlichen und gut gelaunten Gesichtsausdruck. „Danke!" war alles, was sie in diesem Moment aus sich heraus brachten.

Es war bereits kurz nach halb acht Uhr morgens, als wir das provisorische Laboratorium erreichten. Tina und die beiden uniformierten Polizisten durften sich im Gebäude frei bewegen, jedoch wurde ihnen vom Laborleiter sofort eine Verwarnung, in strengem Tonfall, ausgesprochen: „Nichts anfassen! Nichts fragen! Niemanden stören oder ablenken! Und steht niemals einem Mitarbeiter im Weg! ... Ihr müsst Luft sein!" Während dieser ersten Standpauke mussten Tom und ich uns beherrschen, nicht in Lachen auszubrechen. Mit genau den selben Worten hatte er auch uns vor einigen Jahren in sein Labor aufgenommen.

Wir hatten noch nicht das Büro erreicht, als uns Flinn, der Laborleiter, hinterhergelaufen kam. „Wartet! Es gibt Neuigkeiten!" rief er uns hinterher. Wir drehten uns um und leicht ausser Atem erreichte er uns kurz vor der Tür stehend. „Gehen wir in euer Büro! Das wird euch interessieren."

Flinn stand mit einigen Zetteln vor uns und strahlte über das gesamte Gesicht. Wir wussten zwar noch nicht was wir von ihm zu hören bekommen würden, aber ein angenehm nervöses Gefühl schwappte von ihm auf uns über und so setzten wir uns auf unsere Stühle und lauschten seinen Ausführungen.

„Hört genau zu! ... " begann er seinen Monolog mit erregter Stimme. „Aus der Waffe des Polizisten, den ihr in deinem Haus, in deinem Büro, gefunden habt, fehlt eine Kugel. Weder Hülse, noch Projektil, oder ein Einschussloch konnten gefunden werden. Ergo: Er hat diesen Gary angeschossen und vermutlich verletzt! Das Blut wurde analysiert und es hat sich herausgestellt, dass es zwei verschiedene Blutgruppen waren, die auf deinem Fußboden sichergestellt wurden. Einmal A, die des Polizisten und eine zweite, sehr seltene Blutgruppe: AB. Nur rund 4 % der Bevölkerung haben diese ..."

Ich spürte wie sich mein Gesicht freundlicher gestaltete. Mein Puls kletterte freudig erregt in die Höhe und ein leichtes Kribbeln in den Fingerspitzen war zu spüren, während Flinn uns von dem Ergebnis des Datenbankabgleiches erzählte.

„Unser Gary heißt Hermann Williams und ist Polizist. Die weiteren Daten und Ergebnisse unserer Nachforschungen stehen in dem Bericht." Flinn hatte seinen Vortrag beendet und überreichte uns seine Ergebnisse. Wir saßen noch immer wie versteinert auf unseren Stühlen und betrachteten das selbstgefällige Lächeln des Mannes, der uns soeben die erste sichere Spur erbracht hatte. Mit den Worten: „Dankt mir noch nicht. Dankt mir erst, wenn ihr den Mistkerl geschnappt habt" verabschiedete er sich aus meinem Büro und ließ die Tür ins Schloss fallen.

Die weitere Durchsicht des Berichtes verlief äußerst angespannt und hektisch. Wir fanden die Anschrift, seine Dienstakte, ein Foto, Telefonnummer, Namen der Frau und auch nichts, was man ihm vorwerfen konnte. Keinen Vermerk über einen Strafzettel oder eines dienstlichen Fehlverhaltens, aber auch keine Hinweise über sein Leben vor der Polizeidienstzeit.

Tom und ich machten uns auf den Weg Näheres über diesen Mann in Erfahrung zu bringen, während Matt sich nochmals die gesamte Akte unseres Garys durchsah.

Unseren ersten Besuch machten wir bei seinem vorgesetzten Kommandanten des Polizeipostens Bad Radkersburg. Wir konfrontierten ihn mit unseren Ergebnissen und klärten ihn über die Dringlichkeit auf. Doch die Antworten, die wir bekamen waren nicht gerade hilfreich. Er beschrieb Hermann als äußerst genau, pflichtbewusst und ruhig, sehr höflich und um die Sicherheit der Bevölkerung besorgt, keinen Fehltritt geleistet zu haben und in sehr guter körperlicher Verfassung zu sein. Diese und die nächsten zwei Wochen hatte er Urlaub und am wahrscheinlichsten erschien es ihm, dass er zuhause anzutreffen sei, da er Auslandsurlaube nicht ausstehen konnte. Der Polizeikommandant trommelte sofort seine Männer zusammen und versicherte uns seine volle Unterstützung.

Vor der Haustüre, hinter der sich unser Gary vermutlich versteckte, postierten wir uns an der Vorderseite des Hauses mit gezogenen Waffen und haarsträubender Nervosität, während seine Kollegen die Rückseite sicherten. Nachdem uns nach mehrmaligem Klingeln nicht geöffnet wurde, traten wir die Türe ein und betraten das hübsche Einfamilienhaus. Obwohl wir jeden Winkel durchsuchten fanden wir nichts. Keinen Gary. Keinen Hermann Williams. Keine Frau Williams. Wir waren gerade im Begriff unsere Pistolen wieder ins Halfter zu stecken, als eine völlig verstörte Frau uns anzubrüllen begann: „Wer sind Sie? Was machen Sie hier?" Eine kurze Erklärung und das Vorweisen unserer Dienstmarken, hielt sie davon ab, uns weiter anzuschreien und uns mit einem Küchenmesser zu bedrohen. Sie war völlig hilflos und verstand die Welt um sie herum nicht mehr. Ihr Mann war wie jedes Jahr für einige Tage auf Fortbildung und hatte ihr sogar eine dienstliche Anweisung vorgelegt. „Nein, das kann einfach nicht stimmen. Sie müssen sich geirrt haben," begannen geschockt ihre Lippen entkräftende Worte und Sätze zu bilden. „Er ist immer so zärtlich und liebevoll. Kann noch nicht einmal einer Fliege was antun und jetzt soll er ein Mörder und Entführer sein?"
Am Ende unserer Befragung übergaben wir Hermanns Frau in die Obhut seiner ehemaligen Polizeikollegen und fuhren wieder zurück in unser Büro. Immerhin hatten wir in Erfahrung bringen können, dass er sich bis gestern noch jeden Tag bei seiner Frau von seinem Handy aus gemeldet hatte. Da es sich um ein Wertkartenhandy handelte gab es keine Nachweise, in irgendeinem Telefonbuch oder bei seiner Telefongesellschaft. Einzig und allein seine Frau hatte sich die Nummer bei einem der letzten Gespräche notiert, da sie ihn in Notfällen kontaktieren wollte.

„Aufwachen!" brüllte Gary Liesi an, ließ das Tablett mit dem heutigen Frühstück vor ihrem Käfig fallen und humpelte auf seinen Stuhl zu. Nur widerwillig langte sie nach dem Stück Brot, das von dem >> gedeckten Tisch << auf den Boden gefallen war, putzte es ab und biss lustlos hinein. Sie hatte sich bereits damit abgefunden, dass sie in einem Käfig eingesperrt war und innerlich hatte sie auch mit ihrem eigenen Leben abgeschlossen. Nur so konnte sie die tagelange oder wochenlange seelische Quälerei ertragen. Sie wusste nicht mehr welcher Tag oder wie lange sie schon hier drinnen war. Der einzige Gesprächspartner, Gary, war an diesem gottverdammten Tag sehr wütend.

„Wie du siehst, humple ich!" begann er mit zusammengebissenen Zähnen sein Gespräch, das einem Monolog näher als einem Dialog war. Schmerz verzerrte sein Gesicht und immer wieder verschloss er seine Augen für kurze Zeit. Er berichtete Liesi, dass ihr Sohn bis jetzt noch keine Ahnung hatte wer er war, geschweige den wo sie sich befand.

Ihre Augen begannen nur zögernd zu leuchten und ihre Mundwinkel zogen sich hämisch grinsend nach oben, als sie hörte, dass er von einer Kugel am Oberschenkel verletzt wurde und er sich das Projektil selbst entfernt hatte. Gerade als sie ihn fragen wollte, wer der hervorragende Schütze war begann sein Handy zu vibrieren. Gary erhob sich von seinem Stuhl mit einem lauten Stöhnen und nahm das Gespräch entgegen.

„Ich kriege dich ... vertrau mir ... Kollege! Soll ich dich Gary oder doch Hermann nennen! ... Du kannst dich nicht mehr verstecken! ... Du kannst nirgendwo hin!" Nach diesen Worten ließ Gary das Mobiltelefon zu Boden fallen. Sein Gesicht wurde blass und Entsetzen machte sich in ihm breit. Er kannte die Stimme. Er selbst hatte den Mann am anderen Ende der Leitung bereits einmal kontaktiert. Es war Sebastian. Der Mann, dessen Leben er auslöschen wollte. Aber woher kannte er seine Nummer? Niemand kannte sie, noch nicht mal seine eigene Frau! Wie war das möglich?

Hektisch drehte er sich zur Türe um, griff nach seinem Gehstock und verließ undeutlich murmelnd das Verlies.

Hämisch grinsend und erleichtert betraten wir das Büro im Laboratorium. Ich hatte telefonischen Kontakt zu ihm, Gary, aufgenommen und konnte durch die Telefonleitung spüren, wie sich seine Gedanken zu drehen begannen. Ich konnte fühlen, dass sein Gesicht jede Freude verloren hatte und darüber war ich sehr froh.

Flinn und Matt saßen am Schreibtisch und starrten uns an. Doch entgegen Toms und meines Gesichtsausdruckes sprachen ihre Züge eine andere Sprache. „Schön, dass ihr endlich wieder hier seid!" fauchte uns ein verärgerter Flinn an, während Matt sich noch immer bei der Durchsicht der letzten Berichte befand. Die nächsten Sätze waren aber auch für uns alles andere als erfreulich. Die Zeit Garys Handy zurückzuverfolgen war zu kurz und dementsprechend ungenau fiel die Ortung aus. Lediglich, dass es sich innerhalb der umliegenden 15 Kilometer befand konnte in Erfahrung gebracht werden.

Matt hingegen richtete seine Blicke auf mich und hielt nur kurz inne, ehe er sich von seinem Stuhl erhob und mir strahlend ins Gesicht sah. Was war jetzt wieder geschehen, schoss es mir durch den Kopf. So viel weiter, wie zuvor waren wir auch nicht. Wir wussten noch immer nicht, wo Gary meine Mutter in Gefangenschaft hielt. Ein leicht unangenehmes Gefühl stieg in mir auf, als Matt mit leuchtenden Augen seine Gedankengänge preisgab. „Hör mal" begann er seine Ausführungen und blätterte dabei wild in seinen Unterlagen „Es wurde bei dem letzten Brand ein Stückchen Haut gefunden. Die Kollegen schenkten dem kleinen organischen Teil keine große Bedeutung, da sie sich sicher waren, dass es sich dabei um die Haut eines Reptiles handelte. Sie haben es an das Institut für Zoologie der Grazer Uni geschickt und heute haben wir die Antwort erhalten … es handelt sich dabei um die Haut einer Schlange … Der Schlüssel zu deiner Mutter liegt auf der Hand."

Ich war mir nicht sicher ob auch ich die Zusammenhänge verstand aber ich hatte panische Angst vor Schlangen und ein kleines Stückchen Schlangenhaut wurde beim letzten Brand gefunden. Aber noch ehe ich mir weitere Gedanken über den Sinn seiner Erzählungen machte fuhr Matt mit seinen Ausführungen fort.

„Überlege doch mal: Du hast panische Angst vor diesen Tieren und ein Stückchen Haut wurde gefunden. Wo wäre das sicherste Versteck deiner Mutter?" – „Dort, wo es Schlangen gibt oder gegeben hat" entgegnete ich seiner Frage. Selbstsicher und ohne weitere Ausschweifungen fuhr er fort, da er die erhaltene Antwort bereits vorher kannte. „Wo gibt es oder hat es Schlangen gegeben?" Und da fiel es mir wie Schuppen von den Augen. „Schloss Hainfeld in Leitersdorf!" sprudelte es aus mir hervor.

Die nächsten Minuten verflogen so schnell, als ob man hätte meinen können, dass es sich um Sekunden handelte. Matt und Flinn hatten bereits alles veranlasst. Sie hatten die umliegenden Polizeiinspektionen verständigt, den Polizeihubschrauber und die Cobra alarmiert. Weiters hatten sie Tierfänger für den Fall der Fälle hierher zitiert und unseren Chef in Kenntnis gesetzt.

Auto um Auto, Polizist um Polizist und Beamte der Cobra fanden sich fast gleichzeitig vor unserem Laboratoriumsgebäude ein und zeichneten ein Bild, das man sonst nur in einem Actionfilm zu sehen bekam. Da standen sie nun, die Fahrzeuge feinsäuberlich nebeneinander aufgefädelt. Ein Parkplatz voller Einsatzfahrzeuge. Einige Kollegen der Liga hatten sich ebenfalls ihre schusssicheren Kevlarwesten übergezogen und ihre Dienstwaffen am Gürtel. Die übrigen Beamten und Kollegen taten es ihnen gleich. Bis an die Zähne bewaffnet traten schließlich auch die Spezialisten des Sonderkommandos Cobra hinter ihren Kofferräumen hervor und bildeten eine eigene Gruppe von Polizisten.

Flankiert von Matt und Tom traten wir aus dem Gebäude und stellten uns vor der Mannschaft auf. Es lag nun an mir die Mannschaft zu motivieren und sie über den bevorstehenden

Einsatz zu informieren. Ich begann meine Erläuterungen mit einer Begrüßungsfloskel und fuhr sogleich mit der Beschreibung des Schlosses fort. Ich erklärte ihnen, dass das Wasserschloss Hainfeld in Leitersdorf, unweit der Bundesstraße, B 57, lag und bis vor einigen Jahren noch von der Gräfin von Hammer-Purgstall bewohnt worden war. Seit ihrem Tod wurde es nicht mehr genutzt. Das Schloss wurde als Wehranlage erbaut und besitzt über 200 Zimmer. Rund um die Anlage befand sich ein Wassergraben, der sechs Meter breit war. Bis vor etwa zehn Jahren hatte die alte Gräfin im Keller Schlangen gezüchtet und die Häute an Firmen verkauft. Aus diesen Häuten wurden dann Handtaschen, Gürtel, Stiefel und viele weitere Gebrauchsgegenstände gefertigt. Nach meinem Wissensstand wurden aber alle Tiere in Terrarien gehalten und mit der Auflösung der Zucht den Tierheimen und Zoos übergeben. Es bestand also keine weitere Gefahr mehr für uns. Abschließend versuchte ich noch mal alles in meiner Macht stehende zu unternehmen, den Kollegen ein Bild vor Augen zu führen, worum es dabei ging. Schließlich ging es um das Leben meiner Mutter. Auch vermuteten wir, dass sich Gary noch in diesem Gebäude aufhalten würde und sich im Falle seiner Entdeckung nicht freiwillig stellen würde. Er war unberechenbar und zu allem entschlossen, deshalb erschien es mir außerordentlich wichtig, die Einsatzkräfte darauf hinzuweisen, dass er womöglich Fallen installiert haben könnte.

Das Gelände rund um das Wasserschloss wurde kurzerhand zum Sperrgebiet erklärt, zudem die Bundesstraße abgeriegelt und die Beamten bezogen ihre Posten. Tom, der Einsatzleiter der Cobra und ich hatten in Windeseile einen strategischen Zugriffsplan ausgearbeitet. Aufgrund der wenigen Pläne des Gebäudes, die vor uns lagen, hatten wir das gesamte Anwesen in vier Zonen eingeteilt. Jeder Zone entsprach die gesamte Länge einer Wand. Weiters wurden die vier Zonen nochmals halbiert und somit in acht Sektoren aufgespaltet. So war es einfacher die Männer zu koordinieren und ihnen den Zugriffsbefehl zu erteilen. Der Polizeihubschrauber wurde noch vor dem Abflug mit der modernsten Wärmebildkamera, über die die Cobra verfügte ausgestattet. Damit war es aus der Luft möglich, Menschen und Tiere innerhalb eines Hauses aufzuspüren und zu lokalisieren. Die Wärmebildkamera konnte durch fünf Stockwerke, heutiger Häuser, quasi hindurchblicken und erschien uns als unerlässlich in diesem Einsatz. Schließlich konnten wir ja nicht über 200 Zimmer durchsuchen und unsere Männer in noch größere Gefahr bringen, als sie ohnehin schon waren. Auch wollten wir den Stress, denen sie ausgesetzt waren so gering als nur irgend möglich halten.

Schließlich hatten sich alle in Position gebracht. Vor jedem der acht Sektoren standen zwei bis an die Zähne bewaffnete Cobrabeamte, die jeweils von drei Polizisten flankiert wurden und nur noch auf ihren Befehl warteten.

Die Anspannung, die in der Luft hing war nicht auszuhalten. Durch meinen Feldstecher konnte ich einige uniformierte Kollegen sehen, die sichtlich nervös und irritiert von einem auf den anderen Fuß stiegen, dabei hielten sie ihr Sturmgewehr fest mit ihren Händen umschlossen. Hingegen vermittelten die Männer der Sondereinheit einen sehr entspannten und gefassten Eindruck. Immerhin war es ihr täglich Brot Häuser oder Wohnungen zu stürmen und gefährliche Zeitgenossen aus dem Verkehr zu ziehen.

Während all dieser wenigen Minuten herrschte völlige Stille und Ruhe. Es war nichts zu hören. Kein Auto, kein Vogel oder ein anderes Tier. Der leichte Fön, der eingesetzt hatte spiegelte eine unwirkliche Welt wider. Da standen sie nun. Die Polizisten, das Sonderkommando und meine Männer, Seite an Seite um dem Bösen das Handwerk zu legen. Sie alle wurden irgendwann einmal für einen solchen Fall ausgebildet und mussten nun beweisen, was wirklich in ihnen steckte.

Ich konnte weder sprechen, noch mich bewegen. Wie gelähmt starrte ich auf das vor mir stehende Gebäude. Nervosität, Anspannung und die Angst vor dem, was wir im Schloss finden würden oder nicht erreichten ihren Höhepunkt, als aus der Entfernung die Turbinengeräusche des Helikopters lauter und lauter wurden. Ein schneller tiefer Flug über das gesamte Gelände musste genügen, um die Personen im Schloss aufzuspüren. Wir durften nicht noch mehr Warnungen abgeben. Wir wollten Garry schnappen und zur Strecke bringen. Jetzt durfte nichts mehr schief gehen.

„Vermutlich eine Person im Keller … in Zone zwei, Sektor drei!" brüllte eine Stimme aus dem Funkgerät. Die Besatzung des Polizeihubschraubers hatte es beim ersten Versuch geschafft. Sie konnte eine Person lokalisieren. „Zugriff! Zugriff!" brüllte Tom ins Funkgerät und ich konnte nur noch zusehen, wie sich die Beamten ihren Weg ins Innere bahnten. Die Fensterscheibe zersplitterte, drei Sekunden später waren sie auch schon im Schloss und versuchten die Kellertreppe zu finden. Gleichzeitig warfen sich alle übrigen uniformierten Beamten in die Wiese und sicherten das Gebäude ab, während sich weitere Cobrabeamte im Laufschritt dem Einstiegsfenster ihrer Kollegen näherten und wie nichts in das dahinter liegende Zimmer verschwanden.
Ich betrachtete den Sekundenzeiger meiner Uhr mit versteinerter Miene und musste feststellen, dass sich die Zeit nicht zu verändern schien. Es war gerade so, als ob die Erde aufgehört hätte sich zu drehen. Eine furchtbare Angst überkam mich in diesen wenigen Minuten des völligen Schweigens meines Funkgerätes. Was geschah gerade jetzt im Inneren des Hauses? Gab es Verletzte oder sogar Tote? Wurde meine Mutter hier gefangen gehalten? Wer befand sich in dem riesigen Gebäude? War Gary noch da? Was würde ich meinem Vater und Tina sagen, wenn meine Mutter nicht mehr am Leben

war? Und warum in Gottes Namen spricht niemand in dieses verdammte Funkgerät.

Ich stand einfach nur da. Regungslos. Völlig in mich gekehrt. Mein Gesicht spiegelte den nackten Wahnsinn wider, der in mir vorging. Meine Hände zitterten. Ich konnte weder sprechen, noch schlucken und vom geistigen Zustand, einen klaren Gedanken zu fassen war ich weit entfernt, als mein Funkgerät zu knistern begann: „Wir haben sie! Sie ist am Leben und soweit unverletzt! Wir kommen jetzt raus!"

Mit diesen Worten begann sich in meinem Körper wieder Leben zu mobilisieren. Ich richtete langsam meinen Blick wieder auf das Gebäude. Eine Träne suchte sich ihren Weg aus meiner linken Augenhöhle und ein Schüttelfrost durchzuckte meinen Körper. Das soeben gehörte wiederholte sich in meinem Kopf immer und immer wieder. „Sie lebt ... meine Mutter lebt ... Gott sei Dank ..." war alles was ich im Moment der völligen Erleichterung von mir geben konnte.

Der Notarzt, mit meiner Mutter auf der Trage, bretterte an mir vorbei als Tom schnellen Schrittes auf mich zukam. „Sebastian, fahr ins Krankenhaus. Ich übernehme die weitere Leitung des Einsatzes für dich" und warf mir den Schlüssel unseres Dienstwagens zu. Ohne auch nur einen weiteren Gedanken zu verlieren sprang ich in den Wagen, startete und hängte mich an die Stoßstange des Notarztwagens. Der Fall und die weiteren Ermittlungen mussten einfach warten. Jetzt musste ich mich zu aller erst um meine Mutter und um meine Familie kümmern. Zu aufgewühlt und euphorisch war ich, als dass ich mir jetzt den Tatort näher betrachten konnte oder wollte. Zudem hatte Tom den weiteren Einsatzverlauf bereits einige Male zuvor angeordnet und die Leitung übernommen. Ich vertraute ihm und seinen Anordnungen und wusste, dass ich nur apathisch im Wege rum stehen würde.

Im Krankenhaus angekommen, wurde meine Mutter sofort ins Behandlungszimmer gebracht und untersucht. Wieder konnte ich nichts für sie tun. Was ich mir jedoch vorgenommen hatte war meinen Vater, sowie Tina über die Befreiung in Kenntnis zu setzen. Auf dem Weg zum Zimmer, in welchem sich mein Vater befand, kehrte eine Frage immer wieder in mein Hirn zurück: „Sollte ich gleich mit der Tür ins Haus fallen, oder sollte ich das Ganze langsam angehen?" Ich stellte mir die Frage sogar dann noch, als ich vor der Türe, hinter der sich mein Vater befand, stand. Tief sog ich die Krankenhausluft, die allgegenwärtig war, in mich auf und öffnete die weiß lackierte Zimmertür.

Langsam näherte ich mich dem Tisch, an dem mein Vater saß. Er nahm keine Notiz von mir. Saß wie ein Häufchen Elend, mit dem Rücken zur Türe und starrte aus dem Fenster. Er sah furchtbar schlecht aus, durchzuckte es meine Gedanken, während ich mir einen Stuhl herauszog und ihn begrüßte: „Hallo, Papa ..." begann ich leise seine Aufmerksamkeit auf mich zu Lenken. Nur widerwillig hob er den Kopf und blickte mich mit dunkelblau unterlaufenen Augen an. Seine Blicke waren leer und ohne jeden Lebenswillen. Er sprach kein Wort, sah mich einfach nur stumm an. „Wir haben die Mama gefunden ..." fuhr ich mit deutlichen Worten und ruhiger Stimme fort. „Sie wird gerade von den Ärzten untersucht."

Fast augenblicklich begannen seine Augen zu leuchten, Tränen schossen ihm übers Gesicht und er umarmte mich. Noch niemals zuvor hatte er mich umarmt. Und jetzt lag er in meinen Armen und schluchzte vor Freude. „Jetzt reiß dich doch zusammen. Lass uns zur Mama gehen."

Es war bereits später Abend als ich mich mit Tina in meinem Haus traf. Bereits am Telefon hatte ich ihr mitgeteilt, dass wir meine Mutter gefunden hatten und sie im LKH Feldbach medizinisch versorgt wurde. Überglücklich und mit der Gewissheit, dass der heutige Abend, das Hier und Jetzt, uns beiden alleine gehörte. Tom und Matt hatte ich ebenfalls auf der Nachhausefahrt über Liesis Gesundheitszustand informiert und sie gebeten, dass sie diese Nacht ohne mich verbringen sollten.

Ich brauchte Zeit um die Situation zu realisieren und wieder Boden unter die Füße zu bekommen. Ebenfalls enthob ich die beiden diensthabenden Polizisten von ihrer Aufgabe und widmete mich voll und ganz meiner Freundin.

Der weitere Abend verlief wie in einem Liebesroman. Zuerst kochten wir uns Spaghetti Bolognaise und tranken herrlichen Rotwein dazu. Anschließend nahmen wir unsere noch halbvolle Flasche Wein und zogen uns in den ersten Stock ins Wohnzimmer zurück. Da saßen wir nun händchenhaltend und über den Tag sprechend auf der gemütlichen Ledercouch. Tina erzählte mir von dem, ihrer Meinung nach irren Laborleiter Flinn, den hilflosen Polizisten und dem turbulenten Alltag in meinem Laboratorium. Nachdem sie ihre Erzählungen abgeschlossen hatte musste ich ihr bis ins kleinste Detail genau berichten, wie wir auf die Idee gekommen waren wo meine Mutter gefangen gehalten wurde, wie umsichtig Matt und Flinn, noch bevor wir wieder im Büro eingetroffen waren, bereits die Kavallerie alarmiert hatten, der Zugriff und die Familienzusammenführung im Krankenhaus.

Es tat mir sichtlich gut in ihrer Nähe zu sein. Sie hatte das Talent, mich einfach nur ausreden zu lassen und zuzuhören, was ich zu sagen hatte, ohne mich auch nur einmal zu unterbrechen. Als ich am Ende meiner Schilderungen angelangt war, war auch die Flasche Wein zu Ende und der Alkohol hatte sein Werk vollbracht. Wir waren leicht angeheitert und zu allem bereit. Tina beugte sich zu mir herüber und wir küssten uns lang und innig. Es gab nur noch uns. Kein Haus. Keine Gefahr. Kein nichts außer uns beide. Ein Kuss folgte dem nächsten, bis unsere erhitzten und leidenschaftlich glühenden Körper eins miteinander wurden. Sie fügten sich ineinander, als steckte man den richtigen, aus mehreren hunderten, Schlüssel ins Schloss, drehte am Schlüssel und die Tür ließ sich öffnen. Das Gefühl war unbeschreiblich schön, leidenschaftlich und zärtlich zugleich, ehe wir mit einem Lächeln auf den Lippen eng verschlungen einschliefen.

V

Am Folgetag betraten Tina, die beiden Polizisten und ich das Laborgebäude bereits um halb sieben Uhr morgens. Ich war sichtlich gut gelaunt, pfiff vor mir her und hatte ein breites Lächeln im Gesicht. Die letzte Nacht hatte mir sichtlich gut getan. Wie auch schon am Tage zuvor übergab ich Tina und die beiden Polizisten wieder in die Obhut von Flinn. Der Laborleiter war nicht gut gelaunt und begrüßte mich recht unfreundlich mit einem einfachen „Morgen!" - „Guten Morgen Flinn" gab ich ihm fröhlich meine Hand. Wie sich aus den weiteren Sätzen herausstellte, waren er und sein Team die ganze Nacht damit beschäftigt gewesen, die gefunden Spuren und Hinweise zu sortieren, interpretieren und analysieren. Niemand hatte auch nur mehr als zwei Stunden Schlaf bekommen. Trotz der ruppigen Art und Weise, die im ganzen Gebäude vorherrschte behielt ich meine gute Laune und fuhr fort, ihm mein Anliegen mitzuteilen. „Ich überlasse dir wie auch schon gestern Tina, samt ihrer Leibgarde."

Mürrisch drehte sich Flinn den restlichen dreien zu und begann ihnen die Laborordnung zu unterbreiten. Aber bereits nach dem ersten >>Nichts ...<< unterbrach ich ihn freundlich: „Ist schon gut Flinn. Tina und die beiden Herren Polizisten kennen deine Sicherheitsrichtlinien und Laborordnungen bereits." Sein übermüdetes Erscheinungsbild wandte sich wieder mir zu und verkündete eingeschnappt: „Dann, wissen sie ja, wo sie sich aufzuhalten haben!", drehte mir den Rücken zu und verschwand inmitten seiner Mitarbeiter.

Doch auch diese skurrile Begegnung der dritten Art ließ meine gute Laune nicht versiegen, und so machte ich mich lächelnd und pfeifend auf dem Weg zu meinem Büro, in dem Tom und Matt bereits auf mich warteten. Ein leises Klopfen an der Tür und das Grauen blickte in meine Richtung. Vor mir saßen meine beiden Kollegen, völlig übermüdet und unausgeschlafen. „Einen wunderschönen Guten Morgen wünsche ich euch," verkündete ich strahlend, doch die Gesichter die mich anstarrten wirkten alles andere als von dieser Welt. Beide hatten tiefe Ringe unter ihren Augen. Die Haare wahren zerwühlt und ihre Kleidung durcheinander, die Mundwinkel zeigten nach unten und der Dreitagesbart verlieh ihnen nicht gerade die Seriosität, die sie sonst versprühten. Kaffeebecher und McDonalds Tüten beherrschten den Mülleimer, sowie Zettel über Zettel und Berichte neben Berichten den Schreibtisch. Tom war der Erste, der sich zu räuspern begann und sich noch mal die linke Seite seiner Stirn kratzte, ehe er mich mit einem Fragezeichen auf seinem Gesicht begrüßte: „Sebastian, spinnst du jetzt ganz? Pfeift und grinst übers ganze Gesicht, als ob er zuhause in seinem Bett geschlafen hätte …Warum bist du so gut gelaunt?" – „Ich weiß es! …" begann Matt leise uns seine Vermutung zu unterbreiten. „Er hatte gestern SEX! … Gottverdammt guten SEX!" Während dieses Satzes sah er mich noch nicht einmal an. Er blickte Tom in die Augen und gab seine Meinung in ruhigem und anteilslosem Ton von sich. Nur für kurze Zeit wechselten ihre Blicke sich gegenseitig ab, ehe sie mich beide zugleich anstierten.

Ich betrat das Büro nun ganz, schloss die Türe hinter mir und gab ihnen grinsend eine Antwort, die ihnen die Zornesröte ins Gesicht trieb: „Ja … Ihr nicht?"

Während Tom mich langsam aber sicher wieder zurück in die Realität zu holen versuchte, begab sich Matt zum Waschbecken und startete mit seinen morgendlichen Hygienetätigkeiten. Er wusch sich das Gesicht und den Oberkörper, kämmte sich die Haare, putzte sich die Zähne und streifte sich ein frisches Hemd über.

„Sebastian, es wird dich wenig überraschen, aber Gary war nicht anzutreffen …" In diesen wenigen Minuten bildete sich mein freundlich lächelndes Gesicht wieder zurück in eine ernste und nachdenkliche Mimik. Tom berichtete mir von dem Fundort, dem Verlies, in welchem meine Mutter während der letzten vier

Tage gefangen gehalten wurde. Beim Anblick der Fotos lief ein kalter Schauer über meinen Rücken und seine weiteren Ausführungen ließen das Blut in meinen Adern gefrieren. Er erzählte mir von der Waffe, geladen mit nur einer Kugel, die meine Mutter bei sich hatte, von den Essensresten auf dem Tablett und von der feuchten und kühlen Umgebung, in der sie auf ihre Befreiung warten musste. Im weiteren Verlauf erzählte er mir von dem Stiegenaufgang zum Keller, der nur mit Fackeln beleuchtet wurde und gerade als er mir von dem Versteck unseres Garys zu erzählen begann drehte sich Matt zu uns um und gab das Waschbecken für Tom frei.

Matt hatte ja alles mitangehört und fuhr mit der Verbildlichung des Erdgeschosses fort. „Sebastian, wir haben sein Versteck gefunden … Aber was du nun zu hören und zu sehen bekommst, wird dich nicht gerade in Ekstase versetzen!" Zuerst zeigte er mir das Zimmer in dem Gary gelebt haben musste. Es war ein großer drückend wirkender Raum. Die Wände waren mit dunklem schwerem Holz verkleidet und ein großer Luster beleuchtete jeden Winkel. Vereinzelt hingen Gemälde von ehemaligen Schlossbesitzern und Herrschern, neben Urkunden und Dekreten. Es handelte sich dabei um den kleinen Rittersaal des Wasserschlosses. In der Mitte befand sich ein Schreibtisch mit Essensresten und zurückgelassenen Zetteln. Aufzeichnungen aller bisherigen Taten mit Notizen über den Erfolg seiner Aktionen. Aufgrund deren konnten wir jeden geschehenen Tatort genau identifizieren und mussten erschrocken feststellen, dass alles genau nach Plan verlaufen war.

Weiters konnten auf einer großen Pinnwand geknipste Fotos betrachtet werden, auf denen er alle Zeitungsberichte und Bilder der Tatorte verewigt hatte. Zu jedem Tatort hatte er sich eine Skizze angefertigt, auf der er Berechnungen und Stichwörter festgehalten hatte. „Mein Gott …" musste ich bei der in Augenscheinnahme flüstern, „Ich habe nicht mit einem so perfekten Killer gerechnet." Er hatte minutiös alle seine Schritte geplant, seinen ganzen Tagesablauf festgehalten und was mich am aller Meisten schockierte, war die Tatsache, dass eine Spalte der Pinnwand leer war. Als Überschrift stand mein Name und ein Foto, von mir, beim Joggen hing, ganz unten. Ich war das letzte und noch verbliebene Ziel seines grausamen Planes.

Zur gleichen Zeit fand im Verteidigungsministerium der USA ein Treffen der besonderen Dringlichkeit statt. Hochrangige österreichische Militäroffiziere und Offiziere der US Navy, der US Army und der Homeland Security, saßen an einem Tisch mit den obersten Direktoren des österreichischen Geheimdienstes und der CIA. Diese Gentlemen trafen sich erst zum zweiten Male in ihrem Leben. Beim ersten Meeting wurden von Seiten der CIA alle Fakten rund um das Problem Gary erläutert und eine rasche Lösung mit der Involvierung der Liga getroffen.
„Gentlemen. Ich eröffne die heutige Sitzung!" Augenblicklich verstummten alle Anwesenden und blickten in die Richtung des Direktors des österreichischen Geheimdienstes, Manfred Harrer. Der Raum befand sich im zweiten Untergeschoss des, im 1942er Jahr fertig gestellten, riesigen fünfeckigen Gebäudes und bot Schutz vor Bomben aller Art. EMPs und sogar nukleare Sprengkörper konnten diesen Raum nichts antun. Stille und Anspannung herrschte in diesen Sekunden vor, nur das leise Surren der Stromaggregate und der Generatoren für Frischluft war zu vernehmen. An den Wänden hingen ringsum große Flachbildschirme, die unterschiedliche Bilder der bisherigen Ermittlungen, Tatorte, Skizzen und Lageberichte zeigten. „Wir, die Liga, haben es so gut wie geschafft. Wir wissen wer Gary ist …" fuhr der Direktor der CIA fort. Gemeinsam, mit seinem österreichischen Kollegen, der mittlerweile ein guter Freund geworden war, erläuterten sie den wahrscheinlich wichtigsten Befehlshabern beider Länder die Erfolge, die in den letzten Tagen aufzuweisen waren.
Die spürbare Nervosität und Ratlosigkeit, die Anspannung und Sorge, die noch zu Beginn der Sitzung vorherrschte, wich in nur

wenigen Minuten einer aufgelockerten und entspannten Stimmung. Im weiteren Verlauf bekundeten alle Anwesenden ihr Vertrauen in die Liga und zum österreichischen Geheimdienst, als Manfred Harrer das Gespräch auf die toten Wissenschaftler in den Staaten brachte. Der Direktor der Homeland Security übergab den Anwesenden Kopien der Akten zu dieser Mordserie und mit gleichgültig wirkender Miene fügte er fast nebenbei hinzu, dass alle tot wären, einzig und alleine dieser verdammte Dr. Scott Brennan sei nicht ausfindig zu machen. Bei manchen kamen seine Männer zu spät und andere überlebten den Transport ins Hospital, nicht. Manfred hatte insgeheim bereits damit gerechnet und packte seine Taschen, während er >> Der Jäger wird zum Gejagten! << in die Runde rief und die Sitzung offiziell für geschlossen erklärte.

Ein hektisches Klopfen an der Türe, ein schnelles nach unten drücken des Türgriffes und Flinn stand, mit der Zeitung in der Hand fuchtelnd, in unserem Gemeinschaftsbüro. Gespannt, was als nächstes geschehen würde blickten wir den Laborleiter an. Seine suchenden Augen überflogen uns nur für wenige Sekunden, ehe er auf unseren Schreibtisch zu stürmte und die heutige Tageszeitung vor uns auf unsere Notizen und Berichte warf. „Habt IHR heute schon einmal in die Zeitung gesehen?" fragte er uns mit ernster Miene und versteinertem Blick. „Nein, … Warum?" beantworteten Tom, Matt und ich nach einander seine Frage, die einem Vorwurf näher war als allem anderen. Der Letzte von uns konnte seinen Kommentar noch nicht fertig ausführen, da fing Flinn bereits wie wild in der Zeitung zu blättern an. Ganz besonders hatten es ihm die Bereiche zwischen Gebrauchtwagen und Immobilien angetan, die Seiten, auf der sonst immer nur die Glückwunsch- und Traueranzeigen abgedruckt wurden.

„Willst du uns endlich verraten, was dich so in Rage versetzt hat?" forderte Matt von ihm eine Erklärung. „Oder sollen wir drauf los raten?", vervollständigte Tom Matts Kommentar.

„Ach ja, …", stöhnte Flinn auf. „Hier! Lies diese Anzeige!" und drehte die aufgeschlagene Zeitung mit den Glückwünschen in meine Richtung. Starr und gespannt blickte ich auf die Anzeige und las den Text, der neben meinem Foto stand lautlos. Meine Herzfrequenz schoss von der einen auf die andere Sekunde in die Höhe. Schweißperlen bildeten sich auf meiner Stirn und in den Handflächen. „Was ist los! … Was steht da?" fuhr Tom mich an. Er hatte erkannt, dass etwas furchtbares geschehen sein musste. Fast schon geistesabwesend blickte ich von der Zeitung auf und starrte die beiden abwechselnd an. „Ich … Ich bin in der Zeitung! … Mir wird ein Ultimatum gestellt! …" begann ich langsam und mit zittriger Stimme den Text vorzulesen. „WAS steht drinnen?!" unterbrach Matt mein Gestammel und riss mir die Seiten aus den Händen.

Er überflog die Anzeigen und als er mein Foto, das mich bei der Befreiung meiner Mutter, am Dienstwagen angelehnt zeigte, sah, blieb sein Blick daran hängen. Er starrte die Nachricht förmlich an und nach einigen wenigen Sekunden des Schweigens begann er mit ruhigem und gefasstem Gesichtsausdruck die wenigen Zeilen laut vorzutragen. „Da steht: >> Herzlichen Glückwunsch zur bestandenen TEILPRÜFUNG! << dick und fett als Überschrift, und darunter: >> Hoffe DU wirst die nächsten 36 Stunden ÜBERSTEHEN! Tick Tack! << gezeichnet: >> Dein GARY! <<"

Wut, Zorn, Trauer und Freude kamen in mir auf und spielten ein wirres Durcheinander mit meinen Gefühlen. Da ich es nicht mehr aushielt, stand ich von meinem Stuhl auf und stellte mich, mit den Händen in den Hosentaschen, vor das offene Fenster. „In dieser verfluchten Zeitung steht mein Todesurteil, samt einer Deadline, an deren Ende ich nicht mehr am Leben sein werde." murmelte ich vor mich hin, während Tom und Matt sich hilflos anblickten und das eben erst gelesene in sich aufsogen. Flinn hingegen hatte es sich derweilen auf meinem Platz gemütlich gemacht und sah uns beim Schweigen und Nichts tun fragend an.

Endlich wusste ich WANN mein Ende gekommen war. Ich hatte eine eindeutige Nachricht erhalten aber so vieles hatte ich mir noch in diesem Leben vorgenommen und in nur wenigen Stunden sollte ich tot sein? Ich wollte es nicht verstehen und konnte es einfach nicht akzeptieren. Ich hatte in den wenigen Jahren auf dieser wunderschönen Erde noch zu wenig erreicht. Gab es für mich keine Zukunft mehr? Keine Tina? Keine Familie? Kein Nichts?

Ich spürte wie Wut, Rache und Zorn in mir empor kletterten und eine innere Ruhe sich in mir ausbreitete. Die innere Ruhe, mit dem Leben abgeschlossen zu haben.

Die Hände in den Hosentaschen ballten sich zur Faust und die Fingernägel, die sich durch den Druck leicht in die Haut versenkten, versprühten ein angenehmes Gefühl des Schmerzes.

Langsam drehte ich mich vom Fenster in die Richtung meines Schreibtisches und begann meine Gegenüber selbstsicher und mit ernst versteinerter Miene anzustarren. „Ich möchte irgendwann das Getrampel von kleinen Füßen in meinem Haus hören!" startete ich meinen Monolog, mit gefestigter und ruhiger Stimme. „Dieser Mistkerl will mich? ... Sicher nicht! ... Ich setze alles auf eine Karte!" fuhr ich fort und stützte meinen Oberkörper mit meinen Händen direkt vor Toms, Matts und Flinns fragenden Gesichtern ab. Ich hatte einen Entschluss gefasst! Aufgeben war keine Option für meine Situation. Er oder ich! „ER ... oder ... ICH!" fuhr ich die drei forsch an, dass ihre Körper leicht nach hinten zuckten und rissen die Augen weit auf. Meine Augenbrauen waren tief ins Gesicht gezogen. Die Augen bildeten vor Wut und Zorn sprühend nur noch lange Schlitze. Ich biss die Zähne zusammen, dass die Kaumuskeln hervortraten und die bebende Schläfenader untermauerte meinen Entschluss, der endgültig war. „Binnen der nächsten 36 Stunden wird einer von uns beiden tot sein! … Er, oder ich!" Aus Sams und Matts Gesichtern konnte ich ablesen, dass sie geschockt über die, sie anstarrende, Fratze, die einmal mein Gesicht darstellte waren und gleichzeitig, dass sie mich verstanden hatten und meine Entscheidung, ganz gleich, wie sie ausgehen würde, akzeptierten. Flinn hingegen war sich nicht ganz so sicher und blickte verstört und fragend in die Runde, als ich meinen Kopf in seine Richtung drehte. Noch ehe ich meinen Oberkörper vollständig in aufrechte Position gebracht hatte, schoss es aus ihm heraus: „WAS kann ich und mein Labor FÜR DICH TUN?" Es war schon immer meine Rede, dass eine klare und einfache Frage einer einfachen und klaren Antwort bedarf. „Nimm dir zwei oder drei Männer, fahr zur Außenredaktion in Feldbach und finde alles über die Anzeige heraus, was du kannst! … Nimm ein Foto von Gary mit und zeige es den Leuten dort! … Wann wurde sie aufgegeben? … Wer hat sie initiiert? … Gibt es noch eine Nachricht? … Bezahlung der Anzeige? … Einfach ALLES! … LOS!!"

Flinn versicherte uns, dass er alles in seiner Macht stehende unternehmen werde um alles über die Zeitungsanzeige herauszufinden und verschwand in schneller Gangart unser Büro. Die Türe war noch nicht ins Schloss gefallen, da wurde erneut angeklopft und David und Chris kamen herein. Sie erblickten uns und sahen, dass es Neuigkeiten gab.
Nach der Begrüßung packte Chris einige Akten aus seiner Tasche und legte sie in die Mitte des Schreibtisches. „Wollt ihr uns nicht zuerst aufklären, warum ihr so finster dreinschaut?" fragte David uns und sah einem nach dem anderen neugierig an. Nur wenige Minuten später waren auch sie im Bilde, über die letzten Geschehnisse und ihre Gesichter zeigten ebenfalls ernste Mienen.
Nichts desto trotz forderten wir sie nun auf, uns die Ergebnisse ihrer Nachforschungen mitzuteilen. Ohne Ausschweifungen

begann David uns ihre Resultate über diesen mysteriösen Dr. Scott Brennan zu erläutern. Sie erzählten uns, dass sie ihre gesamten Quellen beim FBI und der CIA angezapft hätten und auch davon, dass es keine Spur von unserem verrückten Wissenschaftler zu geben schien. Einige ihrer Freunde hatten sich sogar die Mühe gemacht, zu den Häusern der verbliebenen Forscher zu fahren, um vielleicht weitere Einzelheiten zu erfahren. Doch sie kamen immer zu spät. Die Männer waren bereits tot oder überlebten die Fahrt ins Hospital nicht. Die Tatsache, dass vor einigen Häusern eine große schwarze Limousine zu sehen war, bot aber den Raum für Spekulationen. Ihre Freunde in den Staaten waren sich sicher, dass es sich um Agenten der Homeland Security gehandelt haben musste.

„Wieso, sollten sie diese Männer töten?" fragte ich Chris, der mir keine schlüssige Antwort liefern konnte. Die darauf befragten Agenten der CIA und des FBI hatten ebenso wenig Ahnung wie wir. Aber auf dem Datenserver war eine Akte, die den Namen >> Gary << trägt. Leider hatte aber niemand von ihnen die nötigen Rechte sie zu öffnen oder mehr darüber herauszufinden. Nachdem sie aber versucht hatten Einsicht in den Akt zu nehmen, erschienen zwei Agenten der Homeland Security und untersagten ihnen weitere Nachforschungen. „Damit haben unsere Freunde in ein Wespennest getreten und stoppten ihre Ermittlungen. Sie wollten nicht noch mehr Ärger bekommen, als sie jetzt ohnehin schon hatten. ..." beendete Chris seine Erzählungen und fügte so nebenbei noch hinzu, dass sie jetzt tief in der Kreide bei ihren Freunden standen. Beim nächsten Mal müssten sie sich revanchieren, gemäß dem Motto: >> Eine Hand wäscht die andere <<.

Irgendwie hatten wir bereits damit gerechnet, dass es unmöglich sein würde mehr über diesen Dr. Scott Brennan herauszufinden, denn seit dem Austritt aus der CIA war er quasi unsichtbar. Es gab weder eine Anschrift, noch Berichte über Arztbehandlungen oder Kreditkartenabrechnungen. Er war unsichtbar geworden und das verschaffte ihm einen Vorteil über viele Jahre, hin bis zum gegenwärtigen Zeitpunkt.

Dennoch hatten Chris und David eine wage Vermutung zu dem ganzen Fall und zu diesem Dr. Scott Brennan, die uns so abwegig erschien, dass sie schon wieder ernst zu nehmen war. Sie glaubten, dass sich dieser verrückte Forscher, der der einzige noch lebende Wissenschaftler des >> Projektes Gary << war, hier in Österreich aufhielt.

Nach wenigen Augenblicken der Beratschlagung, wie wir in dieser Sache weiter vorgehen sollten, ergriff ich das Wort und erteilte Chris und David ihre weiteren Befehle. Sie sollten sich unseren Informatiker schnappen und gemeinsam mit ihm die Passagierlisten der letzten 10 Jahre durchgehen. Es erschien mir leichter, sämtliche Daten mit einem Computerprogramm zu vergleichen und die menschliche Komponente durch David und Chris hinzuzufügen, als alle Listen per Hand durch zu sehen. Außerdem hatten wir nicht unbegrenzt Zeit und es galt tausende Passagierlisten und Daten zu vergleichen, wenn ich am Leben bleiben wollte.

Die Beiden hatten gerade wieder ihre Mäntel angezogen, als das Telefon zu klingeln begann. Chris der direkt daneben stand hob ab und nach nur wenigen Worten legte er den Hörer wieder auf die Gabel. „Sebastian, es ist der Direktor auf Leitung eins der Videotelefonleitung. Es gibt Neuigkeiten aus dem Pentagon", fügte er noch hinzu, ehe er das Gespräch auf die Leinwand projizierte.

Gespannt, was er uns mitzuteilen hatte, stellten wir uns vor der großen weißen Wand auf und warteten, bis sich die Leitung aufgebaut hatte. Nach nur wenigen Sekunden sahen wir unseren Chef, der in seinem gemütlichen, fliegenden Büro saß und uns begrüßte. Er erzählte uns in kurzen Zügen, dass das Vertrauen in uns und unsere Abteilung ungebrochen war und von den obersten Befehlsträgern beider Nationen bekräftigt wurde. Weiters berichtete er uns von den vergeblichen

Versuchen der Agenten der Homeland Security die restlichen Wissenschaftler aufzuspüren und sie zu befragen. Nachdem er uns diese wenig erfreulichen Nachrichten übermittelt hatte, fügte er noch hinzu, dass er sämtliche Berichte bereits unserem Labor übermittelt hätte und sich wünschte, dass unsere Mitarbeiter die Akten nochmals gründlich durcharbeiten sollten.

Doch noch bevor er diesen Satz fertig gesprochen hatte, unterbrach ich ihn und verkündete, dass er uns nichts Neues berichtete. Wir hatten die selben Informationen bereits selber eingeholt und wollten nun wissen, warum jedes Mal, wenn sich einer unserer FBI oder CIA Kollegen dem Haus oder der Wohnung eines Forschers näherte, auf der Straße ein Fahrzeug der Homeland Security stand und der ausfindig gemachte Wissenschaftler nur noch tot vor gefunden wurde. Unser Direktor war sprachlos, er hatte nicht damit gerechnet, dass wir unsere eigenen Untersuchungen zu diesen Männern anstellten. Gleichwohl hatte er von uns bereits jetzt mehr erfahren, als in der Sitzung, von der er gerade auf dem Weg zurück nach Österreich war.

Im weiteren Verlauf des Gespräches informierten wir ihn über unsere derzeitigen Ermittlungen und die nächsten Schritte, ebenso von der Anzeige in der Zeitung und meines Entschlusses. Er wirkte nun nicht mehr so selbstsicher und entspannt, wie noch zu Beginn unseres Telefonates und als ich ihm ein Bild unseres Garys zeigte, war es endgültig um ihn geschehen. Er rutschte auf seinem Sessel sichtlich nervös hin und her und konnte nicht fassen, was er zu sehen bekam. „Dieser, Gary …" begann er stammelnd eine Antwort auf unsere Frage, ob er den Herren schon mal gesehen hätte, zu suchen. „Das … das ist Dr. Scott Brennan!"

Nach dieser Auskunft waren wir wie paralysiert. Die ganze Zeit haben wir nach zwei verschiedenen Menschen gesucht, die wie sich herausstellte ein und dieselbe Person waren. Dr. Scott Brennan ist unser Polizist Gary!

Das Gespräch war beendet und die Wand war wieder nur eine weiße Wand, als ich mich zu meinen Freunden umdrehte und auf ihren Gesichtern Erstaunen und Entsetzen verzeichnete. Jetzt war es also amtlich: Wir suchen nach einem einzigen Menschen und unsere bisherigen Theorien mussten neu überdacht werden. Es gab nur eine Person, die es auf mich abgesehen hatte und nur einen Spinner, der es geschafft hatte uns alle, ja sogar die österreichische Polizei, zu täuschen.

„Matt, geh ins Labor und hilf unseren Profilern bei der Erstellung ihres Berichtes! Chris und David, ihr habt es gehört, weitet eure Suche auf Dr. Scott Brennan aus! Es gilt keine Zeit zu verlieren!" Wie von der Tarantel gestochen verließen sie das Büro und machten sich an die ihnen aufgetragene Arbeit. Tom und ich nahmen gerade wieder an unserem Schreibtisch Platz, als Flinn strahlend in der Türe stand.

„He, Jungs, ich habe Neuigkeiten!" begann er uns seine Ermittlungsergebnisse mitzuteilen. „Ich war bei der Zeitung und habe einiges in Erfahrung bringen können." Er berichtete uns von der äußerst komplizierten Vorgehensweise der Redaktion und dass es furchtbar anstrengend gewesen war, den Redakteur und seine Sekretärin davon zu überzeugen, dass sie Informationen über den Auftraggeber deiner Todesanzeige bräuchten. Immerhin mussten sie erst mit Graz und dann mit ihren Vorgesetzten in Wien sprechen, da der Datenschutz äußerst groß geschrieben wurde. „Komm zum Punkt, Flinn!" unterbrach Tom seine langatmige Ausführung und das Leuchten in Flinns Augen begann langsam zu erlöschen. „Also gut. Passt auf! Dieser Gary hat die Anzeige gleich bar bezahlt und wie mir die Sekretärin mitteilte, humpelte er leicht! Was jedoch äußerst aufschlussreich war, ist die Tatsache, dass er auf dem Rechnungsbeleg unbedingt 17.00 Uhr als Uhrzeit haben wollte. Er rechtfertigte sich damit, dass es für den Empfänger enorm wichtig wäre, die genaue Uhrzeit der Bezahlung zu erfahren." Er erzählte uns weiters, dass sich die Sekretärin normalerweise so etwas nicht merken würde aber nachdem er sie mehrmals aufgefordert hatte die Rechnung auf genau 17.00 Uhr auszustellen und als er sah, dass sie es endlich gemacht hatte, verschwand er so schnell und lautlos, wie er erschienen war. Aufgrund der Sprachgewandtheit und der höflichen Art, blieb der Sekretärin das Erscheinungsbild des Herren noch in Erinnerung. „Nachdem ich ihr das Foto gezeigt hatte, erkannte sie ihn als unseren Gary wieder, …" strahlte uns Flinn an und fuhr fort uns mitzuteilen, dass er das Band der Überwachungskamera bereits im Labor abgegeben hatte.

„Tom, wie spät ist es jetzt?" fragte ich ihn und ein Blick auf seine Uhr verriet mir, dass es bereits kurz nach elf Uhr vormittags war. Ich kritzelte einige Zahlen auf ein Stück Papier und verkündete, dass die Hälfte der 36 Stunden bereits verstrichen waren. Endlich hatte ich die Gewissheit, wie viel Zeit mir noch verblieb und die Sicherheit, dass es noch 18 Stunden waren, ehe ich mich meinem Schicksal ergeben würde.

Nach dieser Erkenntnis, dass um 05.00 Uhr des nächsten Tages das Ultimatum zu Ende war, lehnten sich Tom und ich uns in unseren Stühlen zurück und ließen die letzten Stunden nochmals Revue passieren. Ich konnte mich nun endlich darauf einstellen, wann ich oder dieser Irre das Leben ausgehaucht hatte. Wir wussten nun mit einhundertprozentiger Sicherheit, dass Dr. Scott Brennan unser Gary war und die nächsten Schritte wurden bereits eingeleitet, um ihm zuvor zu kommen. Die Berichte der ermordeten Wissenschaftler wurden vom Labor ausgewertet, Matt und die anderen Profiler hatten begonnen ein Täterprofil zu erstellen, um ihm beim nächsten Schritt zuvor kommen zu können und Chris und David waren damit beschäftigt die Passagierlisten durch zu arbeiten.

„Wie geht's dir nach den letzten Erkenntnissen?" wollte Tom von mir wissen. „Wie soll es mir schon gehen?" antwortete ich mit gleichgültig wirkender Stimme. Wir wussten beide, worum es ging. Wir waren uns einig, darüber, dass die nächsten 18 Stunden über Leben oder Tod entscheiden werden und wir wussten genau so gut, dass wir noch immer weit davon entfernt waren diesen Dr. Brennan zu schnappen und um mein Erdendasein um viele weitere Jahre zu verlängern. Gleichzeitig wussten wir, dass uns dieser Spinner noch immer einen Schritt voraus war und wir vielleicht gerade mal so mit ihm gleichgezogen hatten. Wir wussten wer er war, dass wir ihn in meiner Nähe suchen mussten und wann es mit mir zu Ende sein würde.

Tom und ich saßen noch immer am Schreibtisch und versuchten die vielen kleinen Hinweise zu ordnen und zu sortieren, als unsere Bürotüre aufschwang und ein sichtlich freudig erregter Chris hereinstürmte.
„Wir haben ihn!" fing er mit leuchtenden Augen an, uns seine Ergebnisse mitzuteilen. „Hört zu. Die Hilfe des Informatikers war einfach überwältigend. Wir haben alle Daten der letzten 10 Jahre abgeglichen und einige Übereinstimmungen darin gefunden." Er erzählte uns, dass es gleich mehrere Verdächtige gegeben hätte aber nur eine Person flog regelmäßig, alle Jahre wieder einmal für eine Woche in die Staaten, genauer gesagt immer in die gleiche Stadt: Washington! Diese Person hatte nie mehr als nur Handgebäck dabei und der Name lautete: Brian Scottland!
Tom und ich sahen uns nur schweigend an und wussten noch nicht so recht, was wir jetzt mit diesem Namen anfangen sollten, bis es mir wie Schuppen von den Augen fiel: „Brian Scottland … ist das Synonym für Dr. Scott Brennan …" – „Das haben wir uns auch gedacht und weitere Nachforschungen angestellt." Chris war gerade mitten in seinen Ausführungen und erklärte uns weiter, dass es keinen Brian Scottland in Österreich geben würde, auch keinerlei Hinweise dass ein solcher Mann irgendwo existieren würde. „Wir haben die Flüge mit den Urlauben unseres Garys, des Polizisten, abgeglichen und eine Übereinstimmung gefunden: Jedes Mal wenn der Polizist, also unser Gary oder Dr. Scott Brennan, Urlaub hatte, flog dieser

Brian in die Staaten und kehrte noch vor Ende des Urlaubes wieder hier her zurück!"

Wir bedankten uns bei Chris für die Ergebnisse, die er und sein Team uns geliefert hatten, und auch dafür, dass wir nun sicher sein konnten, dass sich unser Gary hier in Österreich aufhielt. Noch bevor Chris mich fragen konnte, was der nächste Schritt in den weiteren Ermittlungen wären, stürmte Flinn unser Büro und fing aufgeregt an einige Fotos und Notizen auf unserer Pinnwand zu fixieren.

Tom und ich standen auf und betrachteten die vielen Fotos und Notizen, doch wir kannten keinen einzigen der Toten auf den Bildern und als Flinn endlich fertig war, drehte er sich um und verkündete selbstsicher, dass er uns sein Handeln in wenigen Sekunden versuchen wird, zu erklären. „Setzt euch und genießt die Show!" begann unser Laborleiter uns zurechtzuweisen und ließ keinen Zweifel aufkommen, dass er nicht unterbrochen werden wollte.

Also setzten wir uns auf unsere Stühle und betrachteten ihn, während er wild fuchtelnd und gestikulierend seinen Vortrag in Angriff nahm. Flinn erklärte uns, dass seine Mitarbeiter die Berichte, die sie vom Direktor des österreichischen Geheimdienstes übermittelt bekommen hatten geordnet und interpretiert hatten. Er zeigte mit einem kleinen Stock auf die Bilder und erläuterte uns, dass es sich dabei um die Tatortfotos der ermordeten Wissenschaftler handelte. Zuerst hatten seine Mitarbeiter die Zusammenhänge nicht erkannt, aber nach wenigen Augenblicken hatten sie es geschafft, aus all den Berichten Übereinstimmungen heraus zu filtern.

„Jeder der toten Wissenschaftler wurde unerwartet und von Profis ermordet. Die Tötung verlief nach dem gleichen Muster, wie auch die Hinrichtung von Sam. Die Berichte wurden immer von denselben Agenten der Homeland Security verfasst und als wir versucht hatten, Einsicht in die Akten zu bekommen wurden wir freundlich aber bestimmt aus ihrem System geworfen. Die

Berichte wiesen mehr Gemeinsamkeiten auf, als eineiige Zwillinge. Außerdem fehlten immer wieder Seiten und Fotos." – „Das würde auch erklären, warum immer wieder vor deren Häuser schwarze Limousinen der Homeland Security gesehen wurden, und eine Befragung der Forscher nicht mehr möglich war" konstatierte Tom, während Flinn ihn von der Seite musterte und mit seinen Ausführungen fort fuhr. „Genau! Aber wir sind noch weiter gegangen und sind uns sicher, dass auch Sam von diesen Agenten getötet worden war." Während unser Laborleiter strahlend vor der Pinnwand auf uns herunter blickte, hatte ich bereits einige Fragen in meinem Kopf gesponnen, die ich Tom und Flinn jetzt unterbreitete: „Was hatte Sam mit der Homeland Security zu tun? Warum haben sie die Wissenschaftler nach so vielen Jahren getötet und in welchem Zusammenhang ist dies alles mit unserem Gary zu sehen?"

„**W**ie wird es weitergehen?" fragte mich Tom mit ernster Stimme und gespanntem Blick. Doch ich hatte keine Antwort. Vielleicht sollten wir abwarten was sonst noch geschehen würde? Nein! Mir war bewusst, dass wir müssen unsere Bemühungen intensivieren und schleunigst in eine aggressive Haltung übergehen müssten. „Lass uns zu Matt gehen und herausfinden, was er und sein Team bereits in Erfahrung bringen konnten", war alles, was ich ihm als Antwort anbieten konnte.

Wir betraten Matts Büro und mussten feststellen, dass er, samt seiner Mannschaft nur noch auf einen Computerausdruck wartete, ehe sie sich auf den Weg in mein Büro machen wollten. „Gut, dass ihr vorbeischaut!" begrüßte Matt uns freundlich und bot uns einen Platz rund um ihren Schreibtisch an. Dankend nahmen wir an und setzten uns. „Wir haben es geschafft! Wir haben das Täterprofil fertig!" strahlte er uns euphorisch an.

Im weiteren Verlauf unseres Gespräches erfuhren wir, dass dieser Dr. Scott Brennan äußerst pedantisch und überlegt in all seinen Handlungen war. Matt sah uns während seiner

Ausführungen nur sehr selten an und blätterte immer wieder in seinen Unterlagen, die er uns nacheinander zeigte. „Er war jedes Mal erster Klasse geflogen und hatte immer dasselbe zu essen und trinken bestellt. Das konnten wir aus den Unterlagen der Airline lesen. Weiters ging er strikt nach Plan vor und verfügte über eine ausgeprägte Intelligenz, wie aus den Universitäts- und Leistungsberichten hervorging. Da wir ihm seine Unterkunft im Wasserschloss Hainfeld genommen haben, sind wir der Meinung, dass er sich eine neue Bleibe gesucht hat. Aufgrund seiner gewählten Ausdrucksweise und seiner extrovertierten Lebensweise, die er bereits vor seinem Verschwinden an den Tag gelegt hatte, sind wir zum Schluss gekommen, dass er auch gegenwärtig ein großes teures Auto sein Eigen nennt, gut gekleidet auf Menschen zu geht und vermutlich im besten Hotel der Gegend nächtigen wird."

Während Tom und ich uns die Berichte und die Analysen ihres Täterprofils nochmals durchsahen, stand Matt von seinem Stuhl auf und spazierte nachdenklich wirkend in seinem Büro umher. „Tom, Sebastian, wir haben uns auch Gedanken gemacht, wie wir diesen Mistkerl unter Druck setzen könnten", fuhr er in seinen Ausführungen fort. Tom und ich sahen uns zuerst gegenseitig an und ließen dann unsere Köpfe fast im gleichen Augenblick in die Richtung aus der das soeben Gesagte kam schweifen. „Wie denn?" fragte ich Matt, der sich vor seinem Fenster aufstellte. „Was ist mit einer offenen Jagd über die Medien?"

Zuerst verstand ich nicht worauf er hinauswollte, denn selbst wenn wir die Zeitungen informierten, wäre es erst morgen zu lesen und da würde ich bereits tot sein. Aber je länger uns Matt von seiner Idee erzählte, desto interessanter fanden wir seinen Vorschlag: „Eine offene Jagd über alle Radiosender und deutschen Privatsender, sowie den österreichischen Rundfunk."

VI

In Windeseile hatten wir es geschafft, alle wichtigen Radiosender und Fernsehanstalten von der Dringlichkeit unseres Aufrufes zu überzeugen. Die gefolgten Reaktionen von Seiten der Mitarbeiter waren überraschend positiv. Jeder in diesem Gebäude war davon überzeugt, dass wir dadurch auch Hinweise aus der Bevölkerung erhalten würden. Den Auftakt unserer öffentlichen Jagd nach diesem Spinner lieferte der größte und meistgehörte Radiosender des Landes. In weiterer Folge wurden wir informiert, dass im ersten Programm gerade eine ausgedehnte Berichterstattung lief. Wir konnten verfolgen, wie der Moderator das Foto unseres Mannes dicht gefolgt von der Bekanntgabe, dass die Polizei nach diesem Mann fahnden würde in die Welt verbreitete. Es wurde wie zuvor vereinbart verlautbart, dass es sich dabei um einen schlimmen Kriminellen handeln würde, der wahrscheinlich bewaffnet war und im Zusammenhang mit mehreren Vergewaltigungen stehen würde. Der Einfall von Tom, dass wir die Massen der Bevölkerung sofort auf uns und diesen Spinner lenken könnten, wenn wir verkünden lassen würden, dass es sich nicht um einen Mörder, sondern um einen Serienvergewaltiger handelte, war schlicht und ergreifend brillant. Niemand wurde in der Gesellschaft mehr verachtet als Vergewaltiger und niemand wurde in der Bevölkerung mehr verfolgt als solche üblen Zeitgenossen.

Während ich die Meldungen aus den verschiedensten Medien hörte, spürte ich wie eine gewisse Art der Befriedigung in mir aufstieg. Meine Mundwinkel zeigten wieder nach oben und ich wusste, dass die Rache mein sein würde. Egal wie der Fall ausgehen würde. Ich hatte die wahrscheinlich wichtigste Waffe, die es auf Erden gab, die breite Masse der Zivilisten, erfolgreich involviert. Jetzt machten nicht nur wir auf diesen Irren Jagd, nein, die gesamte Bevölkerung hielt nach ihm Ausschau. Er konnte sich nicht mehr verstecken. Überall wo er von jetzt an auftauchen würde, würde man ihn erkennen. Die Schlinge, die ihn umgab, zog sich fester und fester um seinen Hals und sie musste sich so fest zuziehen, dass er von nun an keinen Ausweg mehr finden konnte. Er konnte weder in einem Geschäft, noch in einem Lokal auftauchen, er ist vom Jäger zum Gejagten geworden.

Bis zum Abend hatten uns unzählige Anrufer mit vermeintlichen Hinweisen kontaktiert. Die Flut der Informationen war enorm. Es schien fast so, als wäre er an jedem Ort zur gleichen Zeit gesichtet worden. Tom hatte Recht behalten. Die Bevölkerung verabscheute Menschen die eine derartige Tat begannen hatten.

Matt und seine Mannschaft hatten alle Hände voll zu tun, die Hinweise zu sortieren und zu interpretieren. Hinter welchem Anruf verbarg sich die Wahrheit und hinter welchem nur eine Vermutung? Wovon konnten sie wirklich ausgehen? Welche Orte und welche Plätze würden am wahrscheinlichsten zu ihm passen? Wir konnten nicht jeder Spur nachgehen oder Kollegen dorthin schicken, um sich davon zu überzeugen, dass unser Gary dort war oder nicht. Aber ein Anruf aus einem Feldbacher Hotel ließ uns nicht mehr los. Es handelte sich dabei um die Rezeptionistin des Hauses. Sie informierte uns, dass ein Mann auf den die Beschreibung zutraf gerade ausgecheckt hatte und die Rechnung in bar beglichen hätte. „Sebastian, was weißt du über das Hotel in der Bürgerstraße von Feldbach?" – „Nicht viel, nur dass es eines der Besten in dieser Gegend ist … Wieso?" Matt erklärte mir kurz den Zusammenhang zwischen dem letzten Hinweis und seinem Täterprofil und für Tom und mich stand fest, dass wir dieser Spur selber nachgehen mussten. Doch bevor wir zum Hotel fuhren, wollten wir noch eine kleine Dienstbesprechung abhalten. Es galt die Männer in den noch verbleibenden Stunden zu motivieren und die Aufgaben neu aufzuteilen. Wir mussten jetzt mit aller Härte vorgehen, und so vielen Spuren nachgehen, wie es nur möglich war.

Bei der Dienstbesprechung nahmen nur Flinn, Matt, Chris und David, sowie Tom und meine Person teil. Ich bekräftigte meine Aussage von heute Vormittag, dass es morgen um 05.00 Uhr, also in 12 Stunden, nur noch einen geben wird. Entweder werde ich oder er am Leben bleiben. Weiters veranlasste ich etwas, dass es in der gesamten Geschichte der Liga noch nicht gegeben hatte. Ich setzte das Labor ausser Kraft. Nur einige wenige Kollegen sollten hier im Gebäude bleiben und die Telefonhinweise entgegennehmen, sowie diese Informationen sortieren und interpretieren und die restlichen Kollegen via Handys koordinieren. Der Rest der Mannschaft sollte sich bewaffnet und mit allem rechnend in den Außendienst begeben. Sie sollten, so wie auch wir den Spuren nachgehen und die Auskünfte Matt mitteilen, der wiederum aus all dem ein Gesamtpaket erstellen musste und Tom und mich immer am Laufenden halten sollte.

Die Verblüffung über diese weitere Vorgehensweise stand allen ins Gesicht geschrieben. Damit hatte niemand gerechnet, aber es musste sein. Wenn wir diesem Spinner zuvor kommen wollten, mussten wir den Hinweisen aus der Bevölkerung nachgehen und mehr Gewicht geben. Wir hatten keine Zeit zu verlieren und ich wusste, dass ich alles auf eine Karte setzte, doch niemand im Raum zweifelte auch nur eine Sekunde an meiner Entscheidung.

Die weitere Befragung im Hotel verlief sehr angespannt. Schon beim Betreten hatte ich ein mulmiges Gefühl. Ich, wir wussten nicht ob wir hier richtig waren, oder nicht. Handelte es sich tatsächlich um Gary oder nur um eine Finte? Doch wir sollten mit unserer Vermutung Recht behalten. Die Rezeptionistin identifizierte ihren Gast als unseren Gary. Aufgrund der Tatsache, dass sie nur den Radio zur Verfügung hatte, um Neuigkeiten zu erfahren, nahm sie die Nachricht nicht so ernst, jedoch als das Zimmermädchen sie fragte, ob sie den Bericht im Fernsehen gesehen hätte, wurde ihr etwas unwohl zumute.

Sie schaltete das erste Programm ein und da war er. Ihr letzter Gast. Der Gast, der erst vor wenigen Minuten ausgecheckt und die Rechnung bar bezahlt hatte.

Ein Anruf und 20 Minuten später standen wir vor ihr. Sie war sichtlich nervös und war der Meinung, dass sie nur Glück gehabt hätte, dass er sie nicht vergewaltigt hatte, denn in der Nacht war sie zumeist allein im Empfangsbereich und es wäre ein leichtes für einen so sportlichen Mann gewesen, sie einfach zu missbrauchen.

Wir entkräftigten ihre Befürchtungen und gaben ihr zu verstehen, dass sie sich keine Sorgen zu machen bräuchte. Er würde nicht mehr zurückkommen. Die Besichtigung des Zimmers verlief schnell und routiniert. Er hatte keine Spuren zurückgelassen. Keine Hinweise. Keine Nachricht. Kein Nichts!

Gerade als wir wieder aus dem Zimmer verschwinden wollten, klopfte es an der Türe und die Rezeptionistin stand mit einem ausgedruckten Bild in den Händen vor uns. Sie erklärte uns, dass sie sich in der Zwischenzeit die Bilder der Überwachungskamera angesehen hätte und ihr aufgefallen wäre, dass unser Gesuchter ein Auto auf dem Parkplatz geparkt hatte. Auf dem Bild sahen wir unseren Gary, der gerade dabei war in eine große, graue Limousine, der Marke Mercedes, einzusteigen. Der Ausdruck war einfach grandios. Er zeigte Gary, der gerade in sein Auto kletterte und dabei direkt in die Kamera sah, weiters konnten wir das Nummernschild einwandfrei ablesen.

Noch während wir uns auf den Weg zu unserem Dienstwagen machten, wählte ich die Nummer von Matt. Er sollte den Halter des Fahrzeuges ausfindig machen und uns den Zulassungsinhaber mitteilen, doch noch ehe ich die Wähltaste betätigen konnte, fing mein Handy zu klingeln an und ich erkannte Matts Dienstnummer auf dem Display.

„Keine lange Zeit für Erklärungen! Unser Gary soll sich genau in dem Moment im Merkur in Feldbach aufhalten!" begann Matt einen Schwall von Wörtern auf mich loszulassen. Ich gab Tom ein Zeichen, dass wir sofort los mussten und warf ihm die Autoschlüssel zu. Wir sprangen ins Fahrzeug und die Fahrt begann, noch ehe ich fertig war, Matt den Auftrag zu geben, dass Nummernschild mit der Datenbank zu vergleichen und mir den Fahrzeughalter der grauen Mercedes Limousine zu übermitteln.

Tom war ein hervorragender Autofahrer. Er konnte schnell durch den dichtesten Verkehr zum gewünschten Ziel kommen, ohne dabei eine andere Person oder ein anderes Fahrzeug zu gefährden. Wir wussten, dass es auf jede Sekunde ankommen würde, wollten wir ihn hier und jetzt schnappen. Die Spinne spinnt ihr Netz von außen nach innen und Gesetz den Fall, dass der Verdächtige in diesem Supermarkt wirklich unser Gary ist, mussten wir uns bereits ganz in der Mitte des Netzes befinden.

In den wenigen Minuten der Autofahrt fixierte ich unser Magnetblaulicht und betätigte fast ununterbrochen das Folgetonhorn, um den anderen Verkehrsteilnehmern mitzuteilen, dass sie aus dem Weg fahren und uns Platz machen sollten. Ebenfalls hatte ich es geschafft über Funk die Kavallerie, die Polizeiinspektion Feldbach, zu verständigen und ihnen mitgeteilt, dass sie auf dem schnellsten Weg zum Merkur kommen sollten, um uns beim Zugriff zu unterstützen.

Doch soweit sollte es nicht kommen. Nur wenige Meter trennten uns jetzt noch vom Supermarkt, als ich eine große graue Mercedes Limousine im Kreisverkehr erblickte. „Da! … Der Mercedes!" gab ich Tom lautstark und mit meinem Zeigefinger deutend zu verstehen. Unser Wagen und der Mercedes befanden sich einander gegenüber und unsere Blicke trafen sich. Es war eindeutig. Es war Gary!

Tom beschleunigte unseren Nissan noch während wir uns im Kreisverkehr befanden so stark, dass die Reifen quietschten und es mich, durch die starken Fliehkräfte, an die Türe drückte.

Mein Freund hatte es da besser, er konnte sich am Lenkrad festhalten. Über Funk gab ich den weiteren Polizeikollegen zu verstehen, dass zwei Uniformierte das Protokoll aufnehmen und die Bänder der Überwachungskameras sichern sollten, während sich die anderen auf eine wilde Verfolgungsjagd einstellen konnten.

In enorm hohem Tempo fuhren wir vom Stadtrand wieder auf das Zentrum zu. Vorbei an unzähligen Personen, die verblüfft am Straßenrand standen und uns bei der Hetzjagd zusahen. Geschäfte, Lokale und parkende Autos flogen an uns vorbei, als würden wir in einem Flugzeug im Tiefflug die Stadt durchpflügen.

Im dichten Verkehrsgewühl mussten wir immer wieder abbremsen und uns den Weg durch wildes Gestikulieren und mit lautstarken Rufen freikämpfen. Wir hatten alle Mühen unseren Wagen an Garys Stoßstange zu halten, zu viele Passanten und Fahrzeuge befanden sich auf den Straßen.

Eine scharfe Rechtskurve und eine weitere Ampel später steckten wir im Stau fest. Es gab kein Weiterkommen. Weder nach vorne, noch nach hinten. Wir mussten mit ansehen wie sich Gary an der tiefroten Ampel einen freien Weg erkämpfte. Er hatte es geschafft! Er war uns wieder einmal entwischt! Zu viele Wege und Gassen gab es an dieser Stelle der Stadt, als dass wir ahnen konnten welche Richtung er gewählt hatte. Er war weg! Wir hatten ihn verloren!

Zurück im Büro war die Stimmung nicht viel besser. Eine Flut von Hinweisen war in der Zwischenzeit bei Matt und seinem Team eingelangt. Jeder Mann und jede Frau in ganz Österreich wollte unseren Gary gesehen haben. Es gab einfach zu viele Anrufe in zu kurzer Zeit, als dass wir allen nachgehen konnten. Auch die anderen Kollegen kamen mit leeren Händen ins Gebäude zurück und berichteten, was sich in den letzten Stunden ereignet hatte. Sie hatten genau so wenig eine Spur wo er sich jetzt aufhalten könnte wie Tom und ich.

Da saßen wir, Matt, Tom und ich, in unserem Büro und starrten uns gegenseitig fragend an. Wir wussten nicht wie es weitergehen sollte. Es war bereits gegen Mitternacht und nichts. Keine aufmunternden Nachrichten von einem unserer Kollegen. Es schien als wäre er wie vom Erdboden verschwunden.

Das Gefühl der Hilflosigkeit, dass sich mein Leben dem Ende zuneigte und dass ich nichts dagegen unternehmen konnte loderte in mir wie Flammen in einem Meer aus benzingetränktem Papier. Ich wusste, dass die Zeit unser größter Feind war und mir war bewusst, dass ich noch nicht bereit war, aus dieser Welt zu scheiden. Ich hatte mich weder von meiner Familie, noch von Tina verabschiedet und wollte nicht akzeptieren, dass in wenigen Stunden alles vorbei sein sollte. Eine Lösung musste her! Aber nur welche? Wie konnten wir ihm eine Falle stellen, ohne dass einer von uns sterben müsste? Was gibt es jetzt noch, was wir, was ich tun könnte?

„**W**o würdet ihr euch verstecken, wenn ihr wüsstet, dass ihr von der gesamten Polizei und der Bevölkerung gejagt werdet?" fragte Matt nachdenklich zur Geisterstunde in die Runde. Wir wussten nicht, stellte er uns diese Frage, oder sprach er mit sich selbst. Doch ich empfand es als äußerst interessant, denn diese Frage hatte ich mir zwar schon viele Male in den letzten Tagen gestellt aber noch nicht, seit den letzten Ereignissen. „Ich würde wahrscheinlich einen abgelegenen Parkplatz oder Feldweg oder einen Wald als Versteck bevorzugen" konstatierte ich mit ruhiger Stimme, und da war es wieder. Das Gefühl dass es doch noch einen Ausweg geben könnte. Mit einem Male war es uns allen bewusst. Er konnte sich nicht mehr in der Öffentlichkeit blicken lassen. Er fiel in der Menge auf, wie ein bunter Hund und sein Fahrzeug war alles andere als 0815.

Im weiteren Verlauf der Diskussion fassten wir den Entschluss, dass es jetzt um alles oder nichts ging. Wir hatten nur noch wenige Stunden Zeit und zu wenige Männer, als dass wir uns mit den Fahrzeugen oder zu fuß auf die Suche machen konnten. Aus meiner Tätigkeit bei der Feuerwehr, war mir bekannt, dass eine Wärmebildkamera nicht nur Menschen aufspüren konnte, sondern auch Tiere und andere Wärmequellen.

„Ein Fahrzeug, das nur wenige Stunden oder gar Minuten auf einem Feldweg oder in einem Wald steht, besitzt immer noch genug Wärme unter der Motorhaube, dass wir es mit einer Wärmebildkamera finden könnten," fiel Tom mir ins Wort, aber genau das war es. Wir mussten mit einer Wärmebildkamera die freien Flächen in unserer unmittelbaren Umgebung absuchen und wir würden ihn, noch vor Ablauf des Ultimatums, uns schnappen. „Richtig!" schoss es aus mir freudig erregt hervor.

„Wenn ich ein Attentat geplant hätte, würde ich mich in den letzten Stunden nicht mehr weit von meinem Ziel entfernt aufhalten und versuchen, so wenig Aufsehen als möglich zu verursachen."

Im weiteren Verlauf des Gespräches, waren wir uns einig, dass wir nicht weit entfernt suchen mussten. In der Umgebung gab es genug Wälder, Wiesen- und Feldwege, sowie auf der anderen Seite der B 57 eine ganze Fülle von Äckern und Wege rund um die Raab. Der ideale Ort, um sein Fahrzeug dort zu verstecken. Fern ab von jeglichem Verkehr und dennoch nahe genug, um zu fuß binnen einer Stunde direkt vor der Bürotüre zu stehen!

Es galt keine Zeit zu verlieren! Alles oder nichts! Ich beauftragte Tom mit der Informierung unseres Direktors und der Beschaffung einer geeigneten Luftunterstützung. Wir waren uns einig, dass wir auf dem Landwege niemals alles in diesen wenigen Stunden durchkämmen konnten. Flinn musste unterdessen seine gesamte Mannschaft aus dem Schlaf wecken und im Labor antreten lassen, während Matt und ich den Umkreis, den es abzusuchen galt absteckten.

Wenige Minuten später hatten wir unseren Bereich, in dem wir unseren Spinner vermuteten auf 20 Luftkilometer eingeschränkt und unser Laborleiter hatte es geschafft, seine Männer im Laboratorium zu versammeln. Tom war noch damit beschäftigt, dem Oberbefehlshaber der österreichischen Luftwaffe die Dringlichkeit unseres Anliegens zu unterbreiten und mit ihm zu verhandeln, was wir von ihm wünschten, als Matt und ich uns auf dem Weg zur letzten Dienstbesprechung machten. So oder so war es die letzte Sitzung, bei der ich den Vorsitz haben würde. Entweder ich würde den morgigen Tag nicht mehr erleben, oder wenn doch, dann wäre es die letzte Besprechung in diesem Fall.

Das Laboratorium war von den Neonleuchten taghell beleuchtet. Die Kollegen der Liga waren alle anwesend und die Blicke die mich trafen, wirkten alles andere als freundlich. Müde Augen und nach unten zeigende Mundwinkel sprachen Bände. Wieder hatten sie nicht mehr als drei Stunden Schlaf bekommen, seit ich sie von den Außeneinsätzen abgezogen und ihnen gesagt hatte, dass sie sich aufs Ohr hauen sollten.

„Kollegen!" begann ich meine Rede „Ich weiß ihr seid erschöpft und völlig ausgebrannt! ... Aber wir haben eine Idee, die uns nicht mehr los lässt ... Heute Nacht in wenigen Augenblicken könnte es soweit sein! ... Wir haben eine Chance und vermutlich für mich die letzte unseren Gary aufzuspüren und ihm die Gott gerechte Strafe zuteil werden zu lassen!" Von der einen auf die andere Sekunde blickten mich nicht mehr verquollene Augen, sondern weit aufgerissene Gesichter an. Sie konnten nicht glauben, was sie in wenigen Sätzen von mir erfahren hatten. Wir alle waren nur noch einen Steinwurf davon entfernt, unseren Spinner, meinen Attentäter, das Handwerk zu legen. In Windeseile unterbreitete ich ihnen die letzten Gespräche und Handlungen. Nachdem sich auch die letzte Fratze in ein freudig, nervös angespanntes Gesicht verwandelt hatte, kam ich zum Schluss meiner Ansprache. „Vielleicht werde ich nach diesem Einsatz nicht mehr am Leben sein. Vielleicht ist es genau das, was das Schicksal von mir erwartet, aber seid versichert: Es war mir eine Freude euch als Kollegen zu haben und eine Ehre mit euch allen meinen Dienst verrichtet zu haben!"

Tom, und nicht zuletzt der Intervention unseres Direktors, war es gelungen drei Black Hawk Hubschrauber des österreichischen Militärs zu besorgen. In dem Moment, wo er uns davon berichtete, wurden sie mit Wärmebildkameras und scharfer Munition bewaffnet. Damit stand uns eine ausgezeichnete Unterstützung aus der Luft zur Verfügung. Die Helikopter waren schnell, wendig, verfügten über jeweils zwei Turbinen, konnten in großer Höhe in der Nacht operieren und wurden mit Luft-Boden Raketen und Maschinengewehren ausgerüstet. Sie waren nahezu lautlose Kampfmaschinen und standen uns in weniger als 30 Minuten zur Verfügung.
Nachdem der Zugriff, sofern wir etwas finden würden von Agenten der Liga durchgeführt werden sollte, mussten auch wir uns dementsprechend vorbereiten. Jeder von uns befestigte seine Dienstwaffe, die Glock, am Oberschenkel seiner Hose, lud sein Sturmgewehr und bereitete es auf den Einsatz vor, zog sich die Schutzweste über und schnallte sich den Gürtel inklusive Handschellen, Dienstausweis, Reservemunition und Funkgerät um und setzte sich seinen Kevlar-Schutzhelm auf. Anspannung und Nervosität lagen in de Luft, als wir uns bis an die Zähne bewaffnet in unsere Fahrzeuge zwängten und auf eine Antwort von den Black-Hawk-Piloten warteten, als plötzlich die Funkgeräte zu knistern begannen: „Direkt auf dem Raabweg steht ein Fahrzeug! Es muss erst vor kurzem noch gefahren worden sein! Der Motorblock zeigt deutliche Wärme an!" konnten wir alle vom Kommandanten der drei Helikopter vernehmen.
Da war es, das Fahrzeug, das ich gesucht hatte. Es war nur wenige Minuten von hier entfernt und es stand auf einem abgelegenen Raabweg unweit von hier. Genau wie wir vermutet hatten. In wenigen Zügen bedankte ich mich bei der

Luftunterstützung und gab meinen Männern das Zeichen zum Vorrücken. Operation >> Last Samurai << hatte begonnen!
Der Konvoi, bestehend aus den Dienstfahrzeugen mit meinen Männern im Inneren, setzte sich in Bewegung. Die Black-Hawks kreisten in großer Höhe um uns und dem Zielobjekt und beschrieben uns den Weg zum Ziel unserer Begierde, nur ein leises, dumpfes Grollen, der Turbinen und Rotoren, war zu hören und eine leichte Vibration zu spüren. Die Sicherheit, aus der Luft Hilfe zu haben war überwältigend, jedoch änderte sich daran nichts, dass sich die Anspannung, der Nervenkitzel und die Nervosität in uns allen ausbreiteten. Meine Hände begannen leicht zu zittern und auf meiner Stirn bildeten sich Schweißperlen. Die Landschaft zog an mir vorbei, ohne dass ich auch nur einen Blick daran verschwenden konnte. Zu groß war die Angst, vor dem was wir vorfinden würden. Es war soweit! Jetzt oder Nie! In wenigen Minuten würden wir mehr wissen!

Wir postierten unsere Fahrzeuge in einem Sicherheitsabstand von 50 Metern entfernt vom eigentlichen Zielobjekt. Wir hatten es vor unseren Augen. Die kühle Luft und die vom Mondlicht erhellte Umgebung spiegelte eine unwirkliche Realität wider. Es war soweit. In Kürze hatten wir Antworten auf noch offene Fragen.
„Zugriff! Zugriff!" brüllte ich in mein Funkgerät und die Männer, meine Kollegen und Angehörige der Liga, lösten sich aus der sicheren Zone ihrer Fahrzeuge. Schnellen Schrittes und mit gezogenen Glocks und die Sturmgewehre im Anschlag näherten wir uns nahezu lautlos dem Fahrzeug. Das Auto wurde von einem Scheinwerfer des Black-Hawk Helikopters beleuchtet und lieferte uns die Bilder die wir brauchten. Floh jemand? Befand sich eine Person im Wagen?
Die Aufregung, die Anspannung und die Nervosität wichen einem angenehm erregten Gefühl. Das Adrenalin in meinem Körper überflutete jede einzelne meiner Zellen. Jetzt gab es

kein Zurück mehr. Keine Möglichkeit das eben Geschehene rückgängig zu machen.

Nur wenige Meter von der Fahrertür entfernt erblickte ich eine Gestalt im Inneren. „Polizei! ... Steigen Sie aus! ... Polizei!" schrie ich in die Richtung der Person. Die Reaktion die ich erwartet hatte war nicht eingetreten. Es gab keine Antwort. Kein Achselzucken. Keine Kopfbewegung. Kein Nichts!

Tom und ich näherten uns mit unseren Waffen im Anschlag dem Fahrzeug und blickten ins Innere des großen grauen Mercedes. Die anderen Kollegen sicherten uns und postierten sich ebenfalls eng um die Einstiegstüren.

„JETZT!" brüllte Tom in die Menge und fast zeitgleich wurden von uns und unseren Kollegen sämtliche Türen aufgerissen und die Waffen in den Fahrzeugraum gestreckt.

Der Zugriff durch meine Agenten war perfekt verlaufen. Schnell, sauber, lautlos und ohne Verluste, genau nach Lehrbuch. Es gab auf unserer Seite weder Verletzte noch Tote, jedoch wird wohl keiner von uns den Anblick im Inneren des Fahrzeuges so schnell wieder vergessen können. Die Person auf dem Fahrersitz war bereits tot und im Kofferraum fanden wir eine weitere Leiche.

Bei der weiblichen Toten im hinteren Teil des Fahrzeuges handelte es sich um die Frau des Polizisten, der im wirklichen Leben als Dr. Scott Brennan bekannt war. Sie war mit einem Kopfschuss hingerichtet worden.

Die männliche Leiche musste demnach unser Gary sein. Da er den Freitod, mit dem Lauf im Munde, gewählt hatte, war das Gesicht nicht mehr wieder zu erkennen. Dabei hatte es ihm durch die Wucht des Geschosses das halbe Gesicht zerfetzt und der gesamte Innenraum des Wagens war mit Blut, Hautfetzen, Gesichts- und Schädelknochensplittern übersät.

Gegen 10.00 Uhr am Vormittag hatten wir die letzten Analysen und Untersuchungen im Fall Feuertaufe abgeschlossen. Die Liga hatte hervorragend funktioniert und ihre Aufgabe bravourös gemeistert. Tom und ich hefteten noch die letzten Berichte zusammen und verstauten alles in den vielen Pappkartons, ehe wir uns dem gemütlichen Teil zuwandten.

Seit Bestehen der Liga, ist es Tradition, dass der Chef für jeden Mitarbeiter eine Flasche Bier besorgt und gemeinsam auf den Erfolg angestoßen wurde. Es gab jetzt keinen Zweifel mehr, die DNA Tests hatten gezeigt, dass es sich bei der männlichen Leiche tatsächlich um unseren Gary gehandelt hatte. Aus dem Abschiedsbrief, den wir im vorderen Teil des Fahrzeuges gesichert hatten konnten wir lesen, dass er sich für den Selbstmord entschied, da er eingesehen hatte, dass es für ihn keine Zukunft mehr geben würde und er wollte es seiner Frau ersparen, dass sie die verbreitete Schande ein Leben lang ertragen hätte müssen.

Der Fall war offiziell als gelöst eingestuft und beim gemeinsamen Bier, bedankte ich mich nochmals in aller Herzlichkeit bei allen meinen Kollegen, die allesamt einen wertvollen Beitrag zur Aufklärung des Falles geleistet haben.

„Sebastian, was fängst du mit deinem neu gewonnenen Leben an?" fragte mich Tom als ich zu meinem Wagen ging und gerade dabei war ihn aufzusperren. „Fürs erste fahr ich zu meiner Familie und zu Tina heim. Wir treffen uns ja morgen zur Abschlussbesprechung im Hauptquartier, in Graz."

Ich hatte mir nicht zuviel erwartet, als ich das Haus meiner Eltern betrat. In der Küche warteten bereits meine Eltern und meine Freundin Tina auf mich. Sie saßen Kaffee trinkend rund um den Küchentisch und plauderten über die vielen erlebten Geschehnisse, die sie alle drei hatten.

Tina erzählte meinen Eltern von meinen Ermittlungen, den vielen Ängsten und Sorgen, die mich während all dieser Zeit geplagt hatten und von dem Laborleiter, Flinn, der ihrer Meinung nach immer noch verrückt war. Es war überwältigend die drei so in der Küche zu sehen. Alle waren wohl auf und erfreuten sich am Leben.

Das Gefühl der Sicherheit, der Geborgenheit und zu wissen, dass man noch immer am Leben ist war schlicht und ergreifend überwältigend. Es gab nichts Schöneres als mit ihnen stundenlang am Tisch zu sitzen und uns gegenseitig das Erlebte zu schildern. Jede Kleinigkeit wollten sie von mir wissen. Kein Detail durfte versäumt werden erzählt zu werden.

Spät am Abend saßen wir noch immer beisammen. Meine Eltern hatten sich bereits wieder erholt und befanden sich auf dem Weg der Besserung. Es tat ihnen sichtlich gut, dass sie einander wieder hatten und dass sie wussten, dass ich unbeschadet aus der ganzen Affäre hervorgegangen war. Gleichwohl hatten sie von jetzt an keine Bedenken hinsichtlich meiner Arbeit mehr. Sie wussten, was ich nicht wusste, dass ich auf mich aufpassen konnte.

Gerade als wir uns ausgesprochen hatten und wunderschöne Stunden miteinander verbracht hatten, kniete ich mich vor Tina auf den Fußboden und begann stammelnd die wichtigste Frage, die es in einem Leben gab, zu formulieren: „Tina, wir haben so schöne Stunden und Tage zusammen verbracht. Wir kennen uns schon einige Jahre und die letzten Tage haben mir etwas gezeigt: Ich liebe dich von ganzem Herzen und ich weiß dass wir zusammengehören, deshalb: Willst du meine Frau werden?"

VII

Die nächsten Tage vergingen, und der Alltag stellte sich wieder ein. Tom und ich kehrten in unsere alten Jobs als Brandermittler zurück und die anderen Kollegen der Liga nahmen wieder ihre ursprünglichen Positionen in ihren Abteilungen ein. Hier und da mussten wir als Gutachter fungieren, einige Brände konnten wir sofort als Verkettung unglücklicher Zufälle entlarven und abhaken. Vieles hatte sich verändert. Der Direktor des Geheimdienstes hat mir den Posten als Chef der Liga angeboten und Tom und Matt sollten dabei meine Assistenten werden. Ich brauchte nicht lange zu überlegen. Bei der letzten offiziellen Dienstbesprechung hatten alle meine Kollegen der Liga einstimmig dafür gestimmt und so war es auch geschehen. Von nun an war ich der oberste Befehlshaber der österreichischen Eliteeinheit, der Liga. Tina und ich waren verlobt und fieberten schon aufgeregt unserer Hochzeit entgegen, während Tom mein ständiger Wegbegleiter und zu meiner rechten Hand wurde.

Der Fall >> Feuertaufe << wurde am Tage unserer letzten Besprechung offiziell für abgeschlossen erklärt. Die vielen Akten, Berichte, Notizzettel, Beweise und Ergebnisse der Untersuchungen und Analysen wurden in Kartons verpackt, verschnürt und im Archiv verstaut. Dort sollten sie von nun an für viele Jahrzehnte lagern und konnten in aller Ruhe verstauben. Nichts sollte uns wieder daran erinnern, wie knapp es war, dass ich mein Leben behalten hatte und nichts konnte mein inneres Gefühl mehr unterdrücken, als die Kartonagen aus meinem Blickfeld zu haben.

Tom und ich sprachen bis zum gegenwärtigen Zeitpunkt immer wieder von dem letzten Fall der Liga. Bei jedem Brand, den wir seitdem untersuchten und in Augenschein nahmen, kam ein komisches Kribbeln in mir hoch. Ich konnte auch nicht sagen warum oder wieso, aber es war da. Irgendwie spürte ich, dass es noch nicht vorbei war. Das Ende unseres Dr. Scott Brennan kam zu rasch und zu sauber. Es war zu überlegt, als dass es spontan war. Dennoch ergaben die DNA Tests, dass es sich bei der männlichen Leiche um unseren Spinner gehandelt hatte. Tom versuchte mich immer wieder zu beruhigen und die Fakten sprachen schlussendlich eine deutliche Sprache: Der Fall Feuertaufe galt als abgeschlossen! Alle Beweise passten zusammen! Es gab keinen Zweifel! Dr. Scott Brennan war tot!

Tom und ich saßen am Abend, nach einem langen Tag, noch bei einem gemütlichen Bier im Dorfgasthaus meiner Gemeinde und diskutierten über den letzten Brandfall, den wir bearbeitet hatten. Wie sich sehr schnell herausgestellt hatte, wurde der

Wohnungsbrand von einer umgefallenen Kerze ausgelöst und wir hatten den Akt mit der Aufschrift >> menschliches Versagen << abgeschlossen. „Hättest du es für möglich gehalten, dass man eine Kerze anzündet und dann so mir nichts dir nichts die noch brennende Kerze zum Altpapier gibt?" wollte Tom von mir wissen, doch anstatt meiner Antwort klingelte mein Handy und gab mir deutlich zu verstehen, dass ein SMS eingetroffen war. Es bedurfte nur eines kurzen Blickes und ich las in fetten Buchstaben: >> SIRENEN-ALARM BFV! <<. Ein kurzer Blick in Toms Richtung, ein schneller Satz von meinem Platz aus, in Richtung Gang und eine flüchtige Bemerkung mit lauter Stimme: „Einsatz Feuerwehr! – Bleib hier!", genügte völlig um Tom verständlich zu machen, dass mich meine Pflicht als Feuerwehrmann rief. Von jetzt an funktionierten mein Körper und mein Verstand wie ein Uhrwerk. Gedanken um was es sich dabei handelte oder ob Menschen in Gefahr waren, gab es nicht. Mein ganzes Verhalten lief von der einen auf die andere Sekunde völlig ferngesteuert ab. Jetzt gab es für mich nur ein Ziel, so schnell wie möglich ins Feuerwehrhaus zu gelangen und mich für den Einsatz richtig zu adjustieren. Die Zeit über das mögliche Szenario, dass wir vorfinden würden, nachzudenken, hatte ich auf der Fahrt zum Zielobjekt noch genug.

Im Rüsthaus angelangt, bedurfte es nur weniger Worte und ich wusste, dass es sich um einen Brand handelte. Die ganze Umkleideaktion verlief bei mir, wie auch bei meinen übrigen Feuerwehrkameraden hektisch, aber dennoch überlegt und koordiniert ab. Nach nur wenigen Minuten befanden wir uns auf der Anfahrt zum Brandobjekt und jetzt realisierte ich erst, um was es sich dabei handelte. Eine Fischerhütte stand im Vollbrand.

Während der Fahrt zum Einsatzort tauchten immer wieder die Bilder der letzten Brände vor meinen Augen auf: Der Brand bei meiner Tante, der Hausbrand in Mühldorf und Bilder der Brandleiche. Die wenigen Minuten, vom Feuerwehrhaus bis zur Fischerhütte starrte ich ungläubig aus dem Fenster und ein inneres Gefühl sagte mir, dass das Gebäude nicht ungewollt ein Raub der Flammen geworden war. Ich kannte den Standort und den Besitzer, wie auch jeder andere von uns. Die Hütte war zwischen dem Gemeindegebiet Schwengental und dem Kerngebiet unseres Ortes, inmitten eines Waldes und entfernt genug, um unerkannt zu kommen und zu verschwinden. Sie war von Grund auf aus Holz gefertigt und verfügte weder über Strom, noch über fließendes Wasser. Wie um alles in der Welt konnte die Hütte in Brand stehen? Murmelte ich vor mich hin. Ich war in meinen Gedanken versunken und nahm die übrigen Geschehnisse im Fahrzeug nicht wahr. Die Blicke meiner Kameraden streiften mich, die Sprüche und Gespräche zogen an mir vorbei, als wäre ich nicht anwesend. Irgendwie stimmte es auch, ich saß zwar voll adjustiert im Einsatzwagen, doch mein Verstand und meine Gedanken waren ganz wo anders.

Nur wenige Meter trennten uns jetzt noch zwischen dem Brand und unserer Aufgabe. Der Feldweg war holprig und von Schlaglöchern gezeichnet. Eines war so tief, dass ich mir den Kopf an der Fensterscheibe stieß, aber genau das war es, was mich aus meinen Gedanken wieder zurück ins Leben holte. Vor unseren Augen schlugen die Flammen meterhoch in den Himmel. Die Hütte brannte auf jeder Seite gleichmäßig stark. Es gab keine Möglichkeit für uns, ins Innere des Hauses vorzudringen. Alles was noch getan werden konnte, war die Sicherung des angrenzenden Waldes und die Flammen mit Wasser zu löschen.
Die innere Anspannung verschwand langsam einem Gefühl der Ausgeglichenheit. Jeder von uns war sich über seine Funktion im Klaren. Über die Tragkraftspritze wurde Wasser aus dem Teich zum Tanklöschfahrzeug gepumpt und von dort wurde das löschende Nass auf die vielen Schläuche mit ihren Strahlrohren aufgeteilt. Rund um das Haus hatten sich meine Kameraden positioniert und versuchten Herr der Flammen zu werden.

Einige hatten die Aufgabe, die angrenzenden Wälder zu schützen, wieder andere begannen mit der Erstellung des Protokolls, Fotos zu machen und die Polizei zu benachrichtigen. Der gesamte Einsatz dauerte nicht einmal eine Stunde und am Ende war allen die Anstrengung ins Gesicht geschrieben. Erleichterung machte sich über meine Kameraden breit, als sich herausstellte, dass es keine Verletzten oder sogar Tote gab, aber in mir breitete sich ein ganz anderes Szenario aus. Das Gefühl der Machtlosigkeit und der Unsicherheit, wer die Fischerhütte in Brand gesteckt hatte und vor allem auch weshalb? Beim Benzingeruch, der allgegenwärtig in der Luft war, kletterten die Erinnerungen des Falles >> Feuertaufe << wieder in mir hoch und ich konnte mich nicht dagegen wehren. Es passte irgendwie zu allem, was ich dort gesehen und erlebt hatte. Die Fischerhütte war abgelegen, umringt von Wald, verfügte über keine Annehmlichkeiten wie Strom oder fließendes Wasser und der Besitzer war im Urlaub. Gleichermaßen hasste ich die Gewissheit, dass es sich um Brandstiftung handelte und dass ich Tom verständigen musste, dass wir einen neuen Fall hatten.

Spät am Abend setzten Tom, Matt und ich uns im Hauptquartier in Graz zusammen, und überlegten uns logische Schlüsse zur letzten Brandstiftung in meiner Heimatgemeinde. Wir grübelten stundenlang über die neuen Fakten und uns allen überkam zum Schluss eine innere Unruhe. Schließlich ließ ich uns die Akten bezüglich des Falles >> Feuertaufe << hochbringen und wir begannen die beiden Berichte zu vergleichen. Ich konnte an den Gesichtern meiner Freunde und Kollegen ablesen, dass sie sich das Gleiche dachten und überlegten, wie ich, in diesen langen Stunden.
Sollte Dr. Scott Brennan noch am Leben sein? Wer wusste über seine Vorgehensweise bescheid? Gab es Trittbrettfahrer? Was ging da in meiner Umgebung vor sich und vor allem warum? Wieso brannte es ausgerechnet in meiner Gemeinde und

warum wurde eine leer stehende Fischerhütte ein Raub der Flammen?

Dr. Scott Brennan konnte nicht mehr am Leben sein! Der DNA-Test verlief positiv! Etwas Sichereres als den genetischen Vergleich gibt es noch nicht und somit musste unser Spinner tot sein. Trittbrettfahrer konnte es nicht geben, sofern wir nicht einen Maulwurf in der Liga hatten, und den Fall, dass es einen oder mehrere Verräter gäbe, schlossen wir kategorisch aus.

Doch wenn es weder Dr. Scott Brennan, noch ein Trittbrettfahrer und noch weniger ein Maulwurf sein konnte, was ging da in der Welt, vor meinen Türen und Augen vor sich? Und vor allem wer erdreistete sich, unsere noch nicht gänzlich verheilten inneren Wunden erneut aufzureißen?

Es musste wohl gegen 04.00 Uhr früh gewesen sein, als ich wieder in die Rolle des Chefs der Liga rutschte und den diensthabenden Offizieren des Landespolizeikommandos den Befehl gab, die Kollegen der Liga zu alarmieren und sie für 09.00 Uhr morgens zur Dienstbesprechung, in die Räumlichkeiten des LKA's, zu zitieren.

Um kurz nach viertel neun Uhr morgens traf der letzte Kollege im großen Sitzungssaal des LKA's im Grazer Hauptquartier ein und fand seinen Platz sogleich an vorderster Front des Raumes. Es war kein geringerer als unser hochgeschätzter Laborleiter Flinn.

„Nachdem alle Kollegen der Liga anwesend sind, …" begann ich meine Rede, dass einem Eröffnungsplädoyer näher war, als allem anderen, in leicht übermüdeter aber trotzdem gewohntem Schema fortzusetzen, „… erkläre ich die Liga offiziell für in Dienst gestellt!"

Im weiteren Verlauf erläuterte ich ihnen, dass Matt, Tom und ich Ähnlichkeiten zwischen dem jetzigen Fall, und einem längst für abgeschlossenen Akt fanden. Genauer gesagt, dass wir einige Übereinstimmungen der aktuellen Brandstiftung in meiner Heimatgemeinde und dem Fall >> Feuertaufe << sahen. Ich erklärte ihnen die Einzelheiten über die jetzige Brandsituation meiner Gemeinde und erläuterte ihnen die Übereinstimmungen des bereits geklärten Falles >> Feuertaufe <<.

Während all dieser Zeit verwandelten sich meine müde wirkenden Kollegen in nervöse 18 Jährige Nervenbündel. Sie sahen die Fakten, erkannten die Zusammenhänge und schätzten unsere Befürchtungen für berechtigt ein. Dennoch wollte keiner von uns seinen inneren Unmut preisgeben und verbarg seine Gefühle hinter einer ernsten Maske. Dennoch vollzog sich ein Wandel der 3. Art in jedem von uns. Wir alle waren uns nun nicht mehr so sicher, ob Dr. Scott Brennan tot oder am Leben war. Wir alle hatten Zweifel, obwohl unser Labor, unsere eigenen Kollegen die Untersuchungen getätigt hatten. Was jedoch das Um und Auf war, war dass jeder erkannte, dass er noch härter und noch länger als zuvor am jetzigen wieder hervor geholten Fall mitarbeiten musste.

Schließlich hatte ich die Liga erneut einberufen, um die aktuelle Beweislage, dass der Alptraum Dr. Scott Brennan und der Fall >> Feuertaufe << für tot und abgeschlossen erklärt wurde, zu widerlegen!

Doch genau in dem Moment, in dem ich meinen Abschlusssatz formulierte klingelte mein Handy. Ich entschuldigte mich kurzerhand für die Unterbrechung und hob ab. Was mich erwartete und was ich zu erwarten glaubte, übertraf meine Vorstellungen bei weitem: „Dr. Scott Brennan! … legen Sie nicht auf! … Wer Wind säht …" erklang die Stimme am Handy und sie verfehlte mein Ohr und meine Befürchtungen nicht!

Noch während ich mein Handy in die Hosentasche steckte, bildete sich mein freundliches Gesicht in den Ausdruck, den ich während des Falles Feuertaufe hatte, zurück. Gleichzeitig murmelte ich ständig: „Wer Wind säht, wird Sturm ernten!" vor mir her.

Von diesem Zeitpunkt an, gab es kein Zurück mehr. Das Labor wurde in Windeseile besetzt und die Daten der letzten

Brandstiftung mit den Fakten des Falles Feuertaufe verglichen. Die DNA-Tests wurden wiederholt und die Spuren neu ausgewertet. Die Anspannung, die in der Luft hing war enorm. Jeder von uns wusste um was es ging. Es ging wieder einmal um mein Leben, doch zum Unterschied von letztes Mal, wussten wir nicht wie Dr. Scott Brennan es geschafft hatte zu überleben und wieso Fehler in der Auswertung der chemischen Analysen gemacht wurden. Wir hatten keine Anhaltspunkte und keinen Verdacht. Wir tappten im Dunkeln.

Während die Kollegen ihr Bestes in den Räumen des Labors gaben, veranlasste Tom die Exhumierung der männlichen Leiche und schickte den Schädel zu den forensischen Anthropologen, die mit der Aufgabe betraut wurden, aus den Überresten des Mannes einen vollständigen Kopf zu rekonstruieren. Uns allen war klar, dass so etwas Zeit und Mühe bedurfte, und vielleicht kam das Resultat zu spät zu uns zurück, aber wir mussten nun alles versuchen dem Alptraum ein Ende zu bereiten. Matt übertrug ich die Aufgabe, die aktuellsten, verfügbaren Zahnarztakten aufzutreiben, über Dr. Scott Brennan, sowie unseres toten Polizisten aufzutreiben und zu vergleichen lassen. David und Chris sollten sich den Tatort der letzten Brandstiftung nochmals unter die Lupe nehmen und die zwar weit entfernten, aber dennoch die umliegenden Nachbarn befragen, ob sie etwas bemerkt hatten.

Mir war klar, dass es jetzt Schlag auf Schlag gehen musste, damit wir wieder zu unserem Spinner aufschließen konnten. Immerhin hatte er einige Tage Vorsprung und konnte ungeachtet unserer Aufmerksamkeit Pläne schmieden, Taktiken einstudieren und mich in freier Wildbahn beobachten. Während all der wenigen Stunden an diesem gottlosen Vormittag, überkam mich wieder die innere Angst. Die Angst nicht schnell genug zu sein. Die Furcht vor dem Ungewissen und das Gefühl der Hilflosigkeit breiteten sich in mir aus wie Flammen, die sich erbarmungslos über dürres und trockenes Laub hermachten. Dennoch schaffte ich es meinen Vorgesetzten, den Direktor des Geheimdienstes zu informieren und ihn über den aktuellen

Stand der Dinge zu benachrichtigen. In der kurzen Zeit meiner Schilderungen unseres Falles spürte ich förmlich, wie seine Augen größer und größer wurden und sich sein Mund mehr und mehr öffnete. Ich konnte spüren, wie eine innere Nervosität Herr über seinen Körper wurde. Am Ende meiner Ausführungen war ich mir nicht mehr sicher, ob er noch mit mir telefonierte, oder ob er sein Handy bereits fallen gelassen hatte. Nach wenigen Sekunden des Schweigens ergriff er zum ersten Mal seit unserer Begrüßung das Wort und forderte mich auf, über jeden verdammten Schritt in Kenntnis gesetzt zu werden. Von jetzt an wurde der Fall zur Chefsache erklärt. Der Direktor würde in weniger als drei Stunden bei uns eintreffen!

„Diese Tölpel! Die sind doch zu blöd die vielen kleinen Hinweise zu einem Gesamtpaket zu schnüren! ..." murmelte Dr. Scott Brennan grinsend vor sich her, während er mit dem Fahrzeug direkt zu Sebastian Haus unterwegs war. Es beflügelte ihn, zu wissen, dass Chris bei den Nachbarn umher irrte, während er seinen letzten Angriff vorbereitete. Er fühlte sich absolut sicher. Nach außen war er David, der bei der Liga war, aber innerlich war er der wahnsinnige, unberechenbare Dr. Scott Brennan. Es gab keinen Zweifel, dass sein erneuter Schachzug das gewünschte Ergebnis liefern würde: Chaos und Verwirrung!
Den Dienstwagen parkte er auf dem schmalen Rasenstreifen vor dem mächtigen Tor, das zum Haus von Sebastian führte. Nachdem er einige Male geklingelt hatte und sich niemand meldete, war er sich sicher, dass keine Menschenseele zuhause war. Also streifte er sich seine Handschuhe über, tippte den Code des Tores ein und ihm wurde Einlass gewährt. Nicht einmal der Nachbar schöpfte Verdacht, dass Dr. Scott Brennan sich an die Ausführung seines letzten Schachzuges machte.
Genauso lautlos, wie sich das Tor geöffnet hatte, schloss es sich wieder und er begann hämisch grinsend seine

Molotowcocktails rund um alle Säulen des riesigen Carports zu platzieren und zu fixieren. Zum Schluss musste er nur noch die Zündschnüre mit einem Zeitzünder verbinden und die Uhr auf exakt 60 Minuten einstellen.

Zufrieden mit sich und seiner Arbeit betrachtete er noch einmal das wunderschöne Carport, das in weniger als einer Stunde ein Raub der Flammen werden sollte und glitt durch das Tor wieder nach draußen. Er konnte sich ein Grinsen nicht verkneifen, zu groß war seine Freude über seinen Abschlussbrand. Es war wieder einmal alles so perfekt wie bei den anderen Tatorten. Es sollte keine Spuren geben. Die Nachbarn hatten keinen Verdacht geschöpft, und sein einfältiger Kollege Chris war mit seiner Arbeit beschäftigt. Diese Tat übertraf seine kühnsten Vorstellungen noch bei weitem!

Ich stand gerade am Fenster in meinem Büro und war in Gedanken versunken, als eine Person energisch an meine Türe klopfte und diese Aufstieß. Vor mir stand ein sichtlich irritierter Flinn. Er hatte einige Zettel in der Hand und ohne ein freundliches Wort zu verlieren, setzte er sich an meinem Schreibtisch und fing in seinen Unterlagen zu blättern an. „Sebastian, ich weiß nicht wie ich es dir sagen soll, aber du solltest dich setzen, …" startete er seinen Versuch mir schlechte Nachrichten zu unterbreiten.

Im weiteren Verlauf berichtete er mir, dass die DNA von unserer männlichen Leiche im Fahrzeug nicht zu dem genetischen Muster von Dr. Scott Brennan passte. Zwar war der Mann, der Polizist, den wir für unseren Spinner Gary gehalten haben, jedoch gab es keinen Zweifel, dass es sich dabei nicht um Dr. Scott Brennan gehandelt hatte. Die wissenschaftliche Analyse wurde gefälscht! Er selbst wurde nur dadurch stutzig, dass sich auf einer Auswertung ein kleiner schwarzer Strich von links nach ganz rechts über das ganze Blatt Papier durchzog. Diese Untersuchung wurde von einem unserer Kollegen manipuliert.

Weiters wurden die Blutspuren ein zweites Mal untersucht und es wurde eine dritte DNA gefunden, die sie bei der ersten Untersuchung übersehen hatten. Es gab eine weitere Person und diese musste Dr. Scott Brennan sein. Es gab jetzt auch aus Sicht der Wissenschaft einen eindeutigen Beweis, dass unser Spinner lebte. Doch der Abgleich mit den verschiedenen Datenbanken konnte noch Stunden dauern, bis wir ein brauchbares Ergebnis vor uns liegen hatten.

Des Weiteren haben die Analysen des letzten Brandanschlages ergeben, dass das Muster eindeutig zu den vorherigen Bränden im Fall Feuertaufe passte und nahtlos eingereiht werden konnte. Auch konnte der ominöse Anruf am Ende unserer heutigen Dienstbesprechung zurückverfolgt werden und die Person musste sich zu diesem Zeitpunkt auf dem Gelände des Landeskriminalamtes befunden haben.

Flinn fuhr mit seinen Ausführungen fort, während mir ganz schlecht wurde und sich mein Magen in ein Karussell verwandelte. Er hatte Nachforschungen betrieben, wer zuvor die Daten analysiert und ausgewertet hatte und was er mir jetzt mitteilte, war wie ein Stich ins Herz: „... Es gibt keinen Anhaltspunkt, Sebastian! Die Untersuchungen haben verschiedene Kollegen durchgeführt. Bei näherer Betrachtung bleibt mir nur ein Schluss übrig: Wir haben einen Maulwurf, der noch während der Analysen seine Hand im Spiel hatte! ... Es tut mir leid."

Es lag auf der Hand: Wir haben einen Maulwurf unter uns und was das schlimmste war, dass dieser Verräter auch gleichzeitig unser Dr. Scott Brennan war!

Mit versteinerter Miene und zusammengesunkenem Oberkörper blieb ich an meinem Schreibtisch sitzen, als Flinn bereits das Schlachtfeld des Grauens verlassen hatte. Zu viele Gedanken strömten durch mein Hirn. Ich fühlte mich zutiefst verletzt und völlig leer. Es gab einen Verräter unter uns und was das Schlimmste daran war, war die Tatsache, dass es keine Hinweise gab, wer der Maulwurf war. Meine innere Stimme sagte mir, dass ich wieder zu klarem Verstand kommen musste und einen Schritt nach vorne machen musste, doch mein Körper signalisierte mir, dass er nicht mehr konnte. Er war müde, ausgelaugt und vollkommen am Ende.

Ich musste die Welt um mich herum zur Gänze vergessen haben, denn als mich Tom am Arm packte zuckte ich verschreckt zurück. Erst jetzt realisierte ich wieder, wo ich war und was in meinem Büro vor sich ging. Matt und Tom standen direkt vor meinem Schreibtisch und starrten mich an. Sie erzählten mir, dass sie Flinn auf dem Gang getroffen hatten und er ihnen auf die Schnelle die Einzelheiten, die er noch vor kurzem mir schilderte, ihnen mitgeteilt hatte.
„Wo ist deine Familie?" wollte Tom von mir wissen, und da kam ich wieder zu Verstand. Wenn dieser Spinner meine Familie die letzten Male schon tyrannisiert hatte, konnte er es jetzt wieder tun. „Meine Eltern sind auf Erholungsurlaub und Tina in meiner Wohnung in Graz" antwortete ich auf seine Frage. Doch genau das war es, was er hören wollte. Er baute sich vor mich auf und fragte mich, ob ich mein Handy in den letzten Minuten mal betrachtet hätte.
Zuerst sah ich die Beiden nur sprachlos an, zog es aus meiner Hosentasche und blickte entsetzt darauf. Ich hatte eine SMS erhalten. Der Inhalt war aber alles andere als erfreulich. In dicken und fetten Buchstaben stand: >> SIRENEN-ALARM BFV! <<. Mit einem Male war ich wieder hell wach. Es brannte wieder in meiner Gemeinde und wenn ich die letzten Fragen meiner Gegenüber mit der Nachricht auf meinem Handy verknüpfte, konnte es nur einen Schluss geben: Es musste mein Haus betroffen sein.
Tom und Matt nickten nur mit dem Kopf und schon saßen wir im Dienstfahrzeug mit Blaulicht und Folgetonhorn auf dem Weg zu mir nach Hause. In den nächsten Minuten erzählte mir Matt, dass er den Feuerwehreinsatz vor gar nicht langer Zeit im Radio gehört hatte und nachdem Tom bei der Feuerwehrzentrale angerufen hatte, hatte er in Erfahrung

bringen können, dass das Carport meiner Eltern in Flammen stand.

Mein Verstand arbeitete auf Hochtouren und mein Körper funktionierte einwandfrei. Ich war wieder voll da. Nach einer kurzen Unterredung mit Tom und Matt rief ich David und Chris an, die sich bereits wieder vor den Toren von Graz befanden, um ihnen die Neuigkeiten zu unterbreiten und ihnen mitzuteilen, dass sie zu meiner Wohnung fahren sollten um Tina zu beschützen. Es bestand Grund genug, um sie zu schützen. Sie war alleine in meiner Grazer Behausung und war schutzlos den bösen Mächten ausgeliefert.

Tom steuerte den Wagen gerade auf die A2 als mich Flinn am Handy anrief. Ich nahm das Gespräch entgegen und vermochte nicht zu glauben, was er mir da erzählte. „Sebastian, keine Zeit für belanglose Begrüßungsfloskeln! …" begann er auf mich einzureden. „… Bei allen manipulierten Akten war David anwesend oder zumindest kurz zuvor noch im Raum der Kollegen, oder aber er hat sie selber durchgeführt! Er hatte uneingeschränkten Zugang zu allen Räumen und zum Beweismaterial! Mir scheint, dass er unser Maulwurf ist!"

Während ich mein Handy wieder in die Tasche steckte murmelte ich immer wieder >> David und Chris << vor mich her und meine Gesichtsfarbe wich einer kreidebleichen. Tom und Matt verstanden zwar nicht was jetzt wieder in mir vorging aber es ihnen zu erklären bedurfte einfach zu viel Zeit. „Tom! Dreh sofort um, wir müssen in meine Wohnung! Tina ist das Ziel!" fuhr ich ihn mit befehlender Stimme an. „Matt, wann war vom Brand dass erste Mal was im Radio zu hören?" – „Vor weniger als 15 Minuten. Wieso?" Vor weniger als 15 Minuten schwirrte es durch meinen Kopf und erst in diesem Moment wurde mir über die Aussage von David einiges bewusst. David erklärte mir, dass sie schon vor über einer Stunde davon im Radio gehört hatten und sie sich bereits auf dem Weg in Richtung meiner Wohnung befanden, um Tina zu beschützen.

Aber wie konnten sie davon etwas in Erfahrung bringen, wenn es noch nicht geschehen war? Es gab nur eine schlüssige Antwort auf diese Frage: David war Dr. Scott Brennan!

Nachdem wir endlich wieder auf der richtigen Fahrbahn in Richtung meiner Wohnung in Graz waren, erklärte ich ihnen das letzte Telefonat mit Flinn und David. Ich erzählte ihnen von den Ungereimtheiten, die Davids Aussage in sich barg und auch davon, dass von Anfang an Tina und nicht ich das Ziel gewesen war. Warum und wieso wusste ich noch nicht. Es stand nur soviel fest: Tina war die Zielscheibe und in diesem Moment war sie alleine und nichts Böses ahnend in meiner Wohnung.

Und erst jetzt konnten wir gemeinsam die vielen kleinen Details richtig zuordnen: David verschwand beim Zugriff auf das Fahrzeug auf dem Raabweg ziemlich still und lautlos und kehrte erst später wieder zurück. Während der Dienstbesprechung verschwand er kurz bevor mein Handy klingelte und laut Anrufrückverfolgung musste Dr. Scott Brennan auf dem Gelände des LKA's sein. Er hatte bei den Analysen und Untersuchungen selbst einige durchgeführt und bei allen anderen, die manipuliert wurden, war er anwesend oder half den Kollegen. Er hatte zu allen Beweisen freien Zutritt und niemand würde ihn verdächtigen. Der Polizist musste tatsächlich ein Gary gewesen sein und wenn dem so war, dann war David der Drahtzieher hinter der Aktivierung von unserem Robotermenschen, somit musste er auch irgendwann einmal am Projekt Gary mitgearbeitet haben. Der Brand des Carports meiner Eltern sollte als Ablenkungsmanöver dienen. Er wusste, dass ich mich auf dem Weg machen würde und so ausser Reichweite von Tina wäre. David hatte auch die meisten Kontakte, um an Informationen bezüglich >> Projekt Gary << zu gelangen und wenn David, Dr. Scott Brennan war, in welchem Zusammenhang müssen wir Chris zu dem Ganzen bringen? War Chris sein Komplize oder einfach nur zu blauäugig um zu erkennen, was da vor seiner Nase vor sich ging und in welcher Gefahr er schwebte?

Uns drei war klar, dass unser primäres Ziel, Tinas Schutz war. Wir mussten so schnell wir nur konnten zu ihr und das unvermeintlich erscheinende verhindern. Warum und Wieso wir die vielen Kleinigkeiten bis jetzt übersehen hatten war nicht mehr wichtig. Jetzt ging es ausschließlich um Tina. Dass David dahinter steckte war eindeutig bewiesen und wir gingen auch davon aus, dass Chris etwas mit dem ganzen Fall zu tun hatte. Zweifel kamen auch in keinster Weise darüber auf, dass der Brand meines Carports nur ein Ablenkungsmanöver war, um uns so weit wie möglich vom eigentlichen Geschehen zu bringen. Doch jetzt waren wir am Zuge. Die Beiden oder vielmehr David war sich sicher, dass wir auf dem Weg in meine Heimatgemeinde waren und somit hatten wir wieder einen kleinen, aber dennoch vorhandenen, Vorsprung für uns herausgearbeitet. Es galt jetzt nur noch gleich schnell oder schneller wie die Beiden zu sein und wir hätten gewonnen.
Ich versuchte schon das dritte oder vierte Mal Tina auf ihrem Handy zu erreichen und sie vor der drohenden Gefahr zu warnen, doch bis jetzt hatte sie noch nicht abgehoben und ich vermutete, dass sie wieder einmal etwas lauter Musik hörte und so das Geklingel ihres Telefons schlicht und ergreifend nicht hörte. Gerade als ich mir sicher war, dass sich ihre Mailbox melden würde, vernahm ich ihre Stimme: „Hallo. Was ist los?" – „Tina, ich hab keine Zeit dir alles zu erklären! Du bist in Lebensgefahr! Hörst du? ..." begann ich hektisch ins Mikrofon zu sprechen. Im weiteren Verlauf erzählte ich ihr, dass zwei meiner Kollegen jeden Moment vor der Wohnungstür auftauchen werden und wenn sie die Türe öffnen würde, dann wäre ihr Leben besiegelt. Aufgrund der Tatsache, dass es sich um einen Notfall handelte, bei dem es um Leben oder Tod ging, verriet ich ihr das Versteck meiner privaten zweiten Waffe. Es handelte sich dabei um einen halbautomatischen Revolver. Ich

erklärte ihr in kurzen Zügen, wie man das Ding im Ernstfall benutzen konnte, dennoch wollte ich, dass sie nicht in der Wohnung darauf wartete und dadurch ihre Mörder die Chance bekamen, sie zu töten. „Tina, bitte verlass sofort die Wohnung und geh in ein Lokal bei mir ums Eck! Hörst du?" Tina hörte mir leise und ohne mir auch nur einmal ins Wort zu fallen zu, doch als ich fertig war, bekam ich etwas zu hören, dass ich mir nicht einmal im Traum vorstellen konnte: „Es ist zu spät! Da sind gerade zwei Typen im Gang aufgetaucht! Beeilt euch!"

Während all der Zeit waren wir bereits von der Autobahn wieder runter und Tom kämpfte sich mit unserem Wagen einen Weg durch den dichten Stadtverkehr. Das Blaulicht am Dach und das Folgetonhorn gaben permanent deutliche Zeichen, dass wir im Einsatz waren und den anderen Verkehrsteilnehmern, dass sie auszuweichen hatten, doch wie so oft sind viele Leute einfach überfordert und springen auf die Bremsen, sodass wir ebenfalls nur noch eine Vollbremsung hinlegen konnten. Irgendwie hatte es Tom dann immer doch noch geschafft und der Wohnungsblock mit meiner Wohnung kam in Sicht. Jetzt trennten uns nur noch wenige Meter vom Schauplatz des Terrors!

Chris und David betraten gelassen und ohne Eile den Wohnungsblock, in dem sich meine Wohnung befand. Sie fanden recht schnell die richtige Türe und Chris klopfte einmal an die Türe, doch es kam keine Reaktion. Ihnen wurde nicht geöffnet. Chris stand direkt vor der Wohnungstür und läutete jetzt noch einmal, während sich David etwas abseits an die Mauer angelehnt positionierte. David und Chris wussten nicht was sie in wenigen Sekunden erwarten würde. Chris wusste ja noch nicht einmal, warum David seit dem Betreten des Stiegenhauses sehr ruhig und in sich gekehrt wirkte, einzig und alleine die Tatsache, dass David ein hämisch grinsendes Gesicht aufgesetzt hatte, verlieh ihm ein Gefühl des Schauderns.

David hingegen war sich sicher, dass er seinem Ziel, der Tötung von Tina, so nah war, wie noch nie zuvor. Er war sich sicher, dass Sebastian, Matt und Tom auf dem Weg zum Brand des Carports waren und jetzt hatte er mindestens eine Stunde Zeit, seinen Plan in die Tat umzusetzen. Es konnte nichts mehr schief gehen. Chris stand direkt vor der Türe und er in Sicherheit an die Mauer gelehnt. Was konnte jetzt noch schief gehen?

Doch mit einem hatte er, David oder auch Dr. Scott Brennan, nicht gerechnet, dass Tina bewaffnet in der Wohnung war. Er wusste auch nicht, dass sie hinter der Wohnungstür mit einem Revolver im Anschlag auf sie wartete, doch genau deshalb stand Chris vor der Holztüre, und nicht David.

Auf ein Zeichen hin klopfte Chris erneut und in dem Moment, wo sich seine Faust ein zweites Mal einen Weg durch die Luft in Richtung Wohnungstüre ebnete, gab es einen lauten Knall und Holzsplitter flogen umher. David zog sofort seine Waffe und blieb flach an der Wand stehen. Bevor er zum Gegenangriff übergehen konnte, musste er die Lage neu sondieren und auch neu bewerten.

Er sah zu Chris, der sich mit seinen beiden Händen den Bauch festhielt und gleichzeitig langsam vor der Wohnungstüre auf die Knie sank. Chris hatte es nicht kommen sehen, und als er den Knall hörte, war es auch schon zu spät. Die Kugel, die Tina abgefeuert hatte, hatte die Tür durchschlagen und fand ihr Ende im Bauchraum von Chris.

Die Schmerzen waren wie weggeblasen im Angesicht des Todes, in dem er sich jetzt befand. Den zweiten Schuss und die zweite Verletzung hatte er nicht mehr mitbekommen. Er verspürte nichts mehr und dennoch wusste er, dass es sein Ende war. Er würde diesen gottverfluchten Tag nicht mehr überleben. Alles fiel ihm jetzt nur noch schwer und als seine Knie den harten Boden der Realität erreicht hatten, schwenkte er seinen Kopf leicht zur Seite. Er wollte sehen, was mit David war und sein Gesichtsausdruck verriet alles. Er hatte sein Leben abgeschlossen und mit dem Tod seinen Frieden vor sich. „Warum ich?" hauchte Chris in die Richtung von David, bevor sein Körper seitwärts fiel. Da lag er nun vor Davids Füßen und röchelte, dennoch hielt er seinen Bauch mit aller Kraft fest und das Blut bildete eine kleine Lache am Boden.

David hingegen wusste, was zu tun war. Er war Dr. Scott Brennan und ihm stand jetzt nichts mehr im Wege. Alle Mitwisser waren tot und er war der einzige, der eine Chance hatte, das Spiel zu beenden. Genauso war ihm bewusst, dass Tina gewarnt worden sein musste und es zu einer wilden Schießerei kommen würde. Vielleicht würden sie beide es nicht überleben, aber er musste seinen Plan zu Ende führen.

Langsam kniete sich David neben seinem Kollegen und Freund. Er sah ihm tief in die Augen und flüsterte leise Chris ins Ohr: „Du weißt, was jetzt kommt! Wehr dich nicht ... es ist der Tod!" Danach nahm er seine Waffe und setzte sie auf Chris' Stirn. Ein Schuss löste sich und sein Freund war tot. Er hatte ihm die letzte Ehre erwiesen und ihn in die Hölle befördert.

Nach einer schier endlosen Zeit waren wir vor meinem Wohnungsblock mit unserem Dienstwagen eingetroffen. Tom, Matt und ich sprangen aus dem Wagen liefen im Eilschritt vor die Eingangstüre, welche uns den Weg zum Stiegenhaus versperrte. Wir hatten unsere Glocks im Anschlag und jedem von uns war bewusst, dass es um Leben oder Tod gehen würde. Lebte Tina noch, oder war sie bereits in einer besseren Welt? In einer Welt des Friedens und des Glückes? Im Jenseits? Da standen wir nun. Jedem von uns war klar, dass es nur eine Lösung geben würde: Wir mussten das Haus stürmen. Totenstille herrschte auf der Straße und auch im Haus. Es war kein Auto in der Nähe und die wenigen Spaziergänger, die sich auf dem Gehsteig befanden, suchten Schutz vor dem was sie sahen. Drei Männer im Anzug und mit gezogenen Waffen vor der Eingangstür eines Mietshauses. Der einst so freundlich begonnene Tag war einem finsteren, regenwolkenbedeckten Etwas gewichen. Nichts war so wie es hätte sein sollen. Für die wenigen Zuschauer, die sich bereits gebildet hatten, musste sich die komplette Szenerie wie aus einem Film erscheinen. Die Welt schien nicht mehr die Realität zu sein.

Der Erste, der sich seinen Weg bis zu meiner Wohnung bahnen musste, würde vermutlich nicht unversehrt herauskommen. Vielleicht würde es Tote geben. Vielleicht auch nur Verletzte. Vielleicht würden wir zu spät kommen. All diese Fragen durften noch nicht einmal überlegt werden. Nicht jetzt und auch nicht später.

Mein Herz klopfte als gäbe es keinen Morgen mehr. Mein Verstand sagte mir, nicht hineinzugehen. Meine Liebe zu Tina verriet mir die Lösung, nach der ich gesucht hatte. Es gab kein Zurück. Wenn sie leben sollte, dann musste ich die Gefahr eingehen, selber zu sterben.

„Schüsse! ... Ich geh rein!" flüsterte ich meinen beiden Freunden zu und öffnete die Türe so leise ich nur konnte. Tom und Matt waren sich über die Konsequenzen bewusst und glitten so leise, wie ich hinter mir durch die Türe hindurch.

Die Waffe im Anschlag und jeden Herzschlag fühlend bahnten wir uns den Weg quer durchs Stiegenhaus. Jetzt musste alles schnell gehen. Der Schusswechsel hatte uns die Zeit verschafft, ungehört von allen anderen das Stiegenhaus zu betreten und die Zeit gegeben uns einen Weg bis kurz vor meiner Wohnung zu bahnen.

„David ... oder sollte ich besser Dr. Scott Brennan sagen? ... WAFFE RUNTER!" schrie ich ihn an. Ich stand in direkter Schusslinie zu ihm, meine beiden Freunde hatten sich hinter mir kniend ebenfalls in Position gebracht. Drei Waffen zeigten in seine Richtung und es gab kein Versteck. Keine Möglichkeit uns Deckung zu verschaffen. Keine Option das ganze Szenario friedlich zu beenden.

Ich sah wie in Zeitlupe, dass Davids Kopf sich langsam zu uns umdrehte. Seine Waffe richtete er immer noch auf meine Wohnungstür, die durchlöchert wie ein Käse war. Überall lagen Holzsplitter umher und die Blutlache rund um Chris wurde größer und größer. Es sah aus, als wäre eine Handgranate explodiert.

Ich verspürte, wie die Angst um uns vier sich einen Weg bahnte und ich war mir bewusst, dass er nicht damit gerechnet hatte. Er sah uns einfach nur an und sein Gesichtsausdruck lies keinen Zweifel aufkommen, dass er mit seinem Leben abgeschlossen hatte.

„Chris ist tot!" flüsterte Matt uns zu, während er damit beschäftigt war, sich auszurechnen wer von uns drei gleich sterben würde. „War Chris dein Partner, oder musste er sterben weil er nicht erkannte wer du wirklich bist?" wollte ich von Dr. Scott Brennan wissen, doch anstelle einer Antwort, grinste er uns einfach nur an und sagte kein Wort. Seine Augen wurden kleiner und kleiner. Sie beinhalteten den Ausdruck, den wir aus unserer Ausbildung kannten. Sie versprühten das gewisse Etwas, was wir einfach nur als Wahnsinn bezeichnen.

Dr. Scott Brennan wusste in dem Moment genauso wie wir alle, dass er nicht mehr lebend aus der Affäre kommen würde. Was sein Vorteil gegenüber uns war, war schlicht und ergreifend der Fakt, dass er es sich aussuchen konnte, ob er einen von uns mit in den Tod riss oder nicht.

Langsam aber sicher drückte Tina die Klinke der Türe nach unten. Sie war sich dessen bewusst, dass nur sie die Möglichkeit hatte, dem ganzen ein Ende zu bereiten, ohne dass ein anderer als David sterben müsste. Sie war sich im Klaren darüber, dass die Waffe von Dr. Scott Brennan auf die Türe gerichtet war und auch darüber war sie sich im Klaren, dass sie ihn töten musste.

Ein kräftiger Ruck genügte und die Tür flog auf. Die Waffe von David wurde durch das durchlöcherte Holz der Türe leicht zur Seite geneigt und gab einen Schuss in die Wand ab. Sie zögerte keinen Moment und feuerte einen gezielten Schuss auf seinen Brustkorb. Der Alptraum war beendet. Dr. Scott Brennan war tot.

Epilog / Schluss

Das viele Blut im Stiegenhaus war noch nicht getrocknet und ich musste über zwei Leichen steigen, bis ich endlich Tina in meine Arme schließen konnte. Sie war durch den wilden Schusswechsel leicht verletzt worden. Es handelte sich um einen Streifschuss an ihrem linken Arm. Doch die Freude darüber, dass wir beide nicht tot waren, überwog alles. Wir schlossen uns fest in die Arme und küssten uns lang und ausgiebig.

Die Welt um uns existierte für diese wenigen Minuten der vollkommenen Liebe nicht mehr. Es gab nur noch uns, Tina und mich. Tränen der Erleichterung und der Freude traten aus ihren Augenhöhlen. Der ganze Wahnsinn war ein für alle Male beendet. Der Alptraum überstanden und was das wichtigste war, dass wir alle es ohne größere Verletzungen überlebt hatten.

Tom und Matt hatten in dieser Zeit bereits die nächsten Schritte in die Wege geleitet. Ein Notarzt wurde verständigt, um den Tod von Chris und Dr. Scott Brennan fest zustellen. Gleichzeitig wurde das Bestattungsunternehmen und die Spurensicherung benachrichtigt. Der Direktor des österreichischen Geheimdienstes und Flinn über den gelungenen Ausgang des Falles informiert. Abschließend wurde das Haus abgesperrt und die Bewohner, die sich während der ganzen Zeit in ihren Wohnungen verschanzt hatten gebeten, bis zum Abschluss der kompletten Tatortanalyse, bei Freunden oder Verwandten zu bleiben.

„Sebastian, ich muss dir noch etwas über mich sagen, dass du noch nicht weißt …" begann Tina stammelnd und mit zittriger Stimme mir mitzuteilen, dass sie, wie auch ich, eine Agentin des österreichischen Geheimdienstes wäre und es ihre Aufgabe war, die undichte Stelle in der Behörde ausfindig zu machen.

Der Direktor hatte bereits des längeren den Verdacht gehabt, dass es einen Maulwurf irgendwo unter all den Agenten gab, doch er hätte es sich niemals erträumt, dass sich der Verräter gerade innerhalb der Liga aufhalten könnte. Sie erzählte Matt, Tom und mir lang und ausgiebig nichts als die Wahrheit. Die ganze verdammte Wahrheit. Irgendwann zwischen dem Eintreffen des Arztes und des Bestattungsunternehmens hatte sich unser oberster Chef, der Direktor, hinter uns eingefunden und hatte genau so wie wir an den Ausführungen von Tina gelauscht. Erst als sie bereits zu ende gesprochen hatte, machte er sich bemerkbar, bestätigte ihre Erzählungen und gratulierte uns zu unserem Erfolg. Die Bevölkerung war wieder ein kleines Stück sicherer geworden.

Doch auch diese Offenbarung konnte unsere gegenseitige Liebe nicht ersticken und so geschah es, dass wir uns noch im Herbst des selben Jahres das >> Ja Wort << gaben. Während der letzten Wochen kehrte der Alltag wieder zurück und die Welt als Brandermittler gehörte Tom und mir ganz allein. Jedenfalls in unserem Zuständigkeitsbereich, waren wir wieder die einzigen, die über Brandstiftung, Unfall oder höhere Macht entscheiden konnten. Hin und wieder galt es einen Brandstifter dingfest zu machen, Gutachten wurden geschrieben und Unfälle, bei denen es zu Bränden gekommen war, als solche deklariert. Die unzähligen Qualen des letzten Falles waren überwunden und das Leben war wieder in gewohnte Fugen zurückgekehrt und nichts konnte das Glück, zwischen Tina und mir, zerstören.

Die Hochzeit fand in der Stadtpfarrkirche in Feldbach statt und glich mehr einem Volksfest, als an den Tag, an dem sich zwei liebende Menschen das ewige Versprechen der Treue und Liebe gaben. Es war ein herausragender Herbsttag. Die Blätter auf den Bäumen begannen sich langsam von den Zweigen zu lösen und sanken zur Erde hernieder, während den vielen verschiedenen Rot, Gelb und Brauntöne der Blätter ein einmaliges Naturschauspiel boten. Die Sonne strahlte und ein kühles Lüftchen wehte über den gesamten Kirchenvorplatz, als uns der Bischof der Diözese Graz Seckau begrüßte. Unser Chef, der Direktor, hatte seine Beziehungen spielen lassen und uns eines der schönsten Geschenke bereitet. Er hatte es geschafft, dass uns der oberste Pfarrer und zwei weitere hohe Geistliche das Sakrament der Ehe abnahmen und mit diesem Segen von oberster Stelle konnte einfach nichts mehr schief gehen.

Die gesamten Kollegen der Liga und der Polizei, sowie auch der Direktor des Geheimdienstes wohnten dem gesamten Schauspiel bei. Gleichzeitig bemerkten Tina und ich beim Verlassen der Kirche, dass unsere Mütter in Tränen ausgebrochen waren und sich mit uns und unserem Schritt in die unendlich während Verbundenheit freuten. Wieder draußen angekommen standen zahlreiche unserer Polizeikollegen in Gardeuniform, dicht gefolgt von meinen Feuerwehrkameraden in ihren Uniformen Spalier.

Überglücklich und mit strahlenden Gesichtern durchschritten wir die vielen Freunde und Bekannte, die von der Kirchentür bis zu unserem Auto einen langen Gang gebildet hatten. Hin und wieder zwinkerte uns ein Kollege zu oder flüsterte mir einen Spruch ins Ohr, so wie auch Flinn: „Schön brav bleiben!". Am Ende hatten sich meine Kameraden von der Feuerwehr noch etwas ganz besonderes einfallen lassen. Links und rechts standen jeweils zwei Mann mit einem Strahlrohr in ihren Händen und mit dem Wasser bildeten sie einen Bogen, den es zu durchschreiten galt. Gleichzeitig heulten von den Einsatzfahrzeugen der Feuerwehr und der Polizei die Folgetonhörner auf und ein Blitzlichtgewitter in blau ging über uns hernieder.

Ein atemberaubender und wunderschöner Herbsttag neigte sich dem Ende zu. Die Sonne versank ganz langsam aber unbarmherzig hinter dem Horizont und zurück blieben unzählige Menschen, die gemeinsam mit uns unsere Hochzeit feierten. Wir feierten noch viele Stunden fröhlich und ausgelassen.

Keine Spur von Gewalt oder einem anderen Verbrechen. Keine Spur von Traurigkeit oder Missmutigkeit. Es war ein herausragender Tag für alle von uns, bis …

Gefühl in den Augenblicken totenähnlichen Seins:

Alle Menschen sind der Liebe wert. Erwachend fühlst du die Bitternis der Welt; darin ist alle deine ungelöste Schuld; dein Gedicht eine unvollkommene Sühne.

Georg Trakl
(03.02.1887 – 03.11.1914)

Danksagung

Es gibt unzählige Menschen, bei denen ich mich bedanken möchte. Bei den vielen Personen, die immer wieder Blicke in das Manuskript geworfen haben und so an der Fertigstellung dieses Buches beteiligt sind, bei den vielen, die mich durch ihre positiven Reaktionen motiviert haben und bei den wenigen die erst nach Vollendung des Buches, das Werk gekauft und gelesen haben.

Bei einem möchte ich mich aber besonders bedanken. Er hat mir immer wieder die Seiten durchgelesen und grammatikalische und stilistische Fehler aufgezeigt und mir von der ersten bis zur letzten Minute mit Rat und Tat beigestanden. Danke Gerhard E. Wildbichler für die wunderbare Arbeit, die du geleistet hast. Ohne deine Kommentare und Kritiken wäre es nicht zu dem geworden, was es jetzt ist.